五木寛之

ゆるやかな生き方

実業之日本社

実業之日本社文庫

［目次］

第一部　ゆるやかに生きる

第二部　健康と日常

第三部　気ままな旅

第一部　ゆるやかに生きる

のんびりと、ボチボチと

どうも、日本列島の気象が怪しい。

隅田川《すみだがわ》花火大会が途中で中止になったこともある。

強風と集中豪雨のせいである。

天の一角に穴があいたように、猛烈な雨が降る。それもある地区を集中的にどっとおそうのがゲリラ豪雨の特徴だ。

テレビのニュースをみていると、全国各地で軽自動車などが、プカプカ水に浮いている画面がしょっちゅうでてくる。

じとじとと何日も降りつづくのが、むかしの日本の梅雨《つゆ》だった。体にも、心にも、なんとなくカビがはえてくるような気持ちになったものである。

東南アジアの国々では、雨期には毎日、猛烈ないきおいでスコールがやってくる。しばらくザーッと降って、やがて嘘《うそ》みたいに青空が見えてくるのだ。

どうやら日本列島も、最近それと似たような気象に変りつつあるのではないだろうか。

四季が変化にとみ、比較的おだやかな気候にめぐまれた国、というのがこの列島のイメージだった。もちろん、北から南まで一様ではない。

天候の話だけではない。ちかごろ世間のものごとが、なんとなく集中豪雨的になってきたような気がする。毎日、毎日、日替りで新しいニュースが氾濫《はんらん》する。翌日になると、もうちがった情報にどっと集中する。

そんな世の中のあわただしい動きに、おなじテンポでついていくのはむずかしい。

ウォーキングの本を読んでいたら、ぶらぶら歩きでは駄目だと書いてあった。しかるべきキャリアの筆者なので、なるほどと納得した。

ゆっくり、ゆったり歩くだけでなく、足早に歩くことが大事、とも書いてある。人間、年をとると歩幅がせまくなる。歩くテンポも落ちてくる。それに抗して、左右の人を片っぱしから追越す気で歩くことが大事だというのである。なるほど。

できれば一歩の歩幅は、一メートルぐらいに広げよう、両腕を大きくふってリズミカルに歩け、とも書いてある。

これは無理だろう。昔の軍隊でも歩幅は八十センチとかいっていたときがあったのだ。

ゆっくり、ゆったり歩くのでは駄目なのだろうか。すでに高齢者までもが、ぐいぐい歩かなければならない時代になったのか。そこで、ふと思いだした言葉がある。

「アンチ・エイジング」

というのが、ふと私の頭にうかんだ言葉だった。

もちろん、「アンチ・エイジング」が世間の注目をあつめたのは、きのう今日のことではない。

「老化に抗して」

というよりも、

「すこしでも若々しく、元気に」

という発想だろうと思う。

その姿勢については、まったく異論はない。もろ手をあげて賛成である。

しかし、私がどこかかすかに引っかかっていたのは、「アンチ」という表現だった。

「老化」というのは、自然な流れである。モノが錆《さ》びて酸化していくように、人間の心も体も錆びていくのは自然なことだ。

それを不自然に早めているのが、私たちの日ごろの生活習慣である。

まだ五十歳であるにもかかわらず、六十代に見え、本人もそう感じているのは自然ではない。七十歳で八十代、九十代のような体調になってしまっているのは決して、自然ではない。

九十歳で妙に元気なのも、なんとなく気になるものではある。よく年代を超えて超元気な老人が、ヒーローのようにマスコミにもてはやされたりするが、ちょっとなあ、という気持ちもないではない。

「アンチ」というより、

「ナチュラル・エイジング」

をめざしたほうがいいのではないだろうか、などと、ふと思ってしまうのである。

しかし、この「ナチュラル」という物差しにも、時代の差というものがある。

そこがむずかしいのだ。

昔は、

「人生五十年」

といった。百歳以上の長寿者は、まれだった。

二〇一六年現在、百歳以上の高齢者の数は、たぶん六万人を超えたぐらいだろうと思われる。

二〇一〇年ごろで四万人強といわれていた。これが年々劇的に増えてきつつあるらしい。いずれそんなに先ではなく、百歳以上の長寿者百万人、という時代がくるだろう。つまり実年齢の標準が大きく変ってきたのだ。「ナチュラル」の物差しも、当然、大きく変らざるをえない。

かなり前のことだが、直木賞の選考者をつとめていた頃、先輩のある作家と帰りがけにお茶をのんだことがあった。

味わいのある名手でもあったその作家が、こんなことをはなしておられていたのを思いだす。

「ぼくはね、ずっと若いころから、実際の年よりうんと上に見られるようにつとめてきたんだよ。できるだけ年寄りっぽくふるまうようにしてたんです。早くから老人あつかいされたほうが楽だからね」

なるほど、と、そのとき思ったものだった。たしかに、いつまでも若ぶっているように見られるのも、ちょっと恥しいものである。

「老《ろう》」という表現は、かつては敬意をこめてのいいかただった。しかし、最近はそうではない。

「老人」という言葉を極力さけるようにしているのも、いまどきの感覚だろう。そこで「アンチ・エイジング」に注目があつまるのは自然のなりゆきだ。

そう納得しながらも、心の片隅で「ナチュラル」にこだわる気持ちが、わだかまっているのは、どういうことだろうか。

私はもともとセッカチな、落着かない人間だった。子供のころからのあわて者である。

駅のホームを歩くときなども、人ごみをかきわけるようにして急ぐ。

年をとっても、その性格は変らない。小学生のころ、通信簿に「注意散漫」と書かれていたのも当然だろう。

何歳になってもそうだ。それでいて気持ちだけあせっても、体がついていかないときがしばしばある。最近はことにそういう場面が多い。

モノを落とす。食器などを引っくり返す。動くときにつまずく。キオスクや書店などで、料金だけ払って買ったものを置いていったりもする。

「お客さん、ホラ、これ忘れないで」

と、店員さんに笑われたことが、二、三度あった。

『転倒予防』（武藤芳照《むとうよしてる》著）という岩波新書を読んだのだが、これがとてもおもしろかった。

「転ぶ」ということは、じつは大変に厄介なことのようである。転んで骨折するのは、私たちが思っている以上に人生にとっての大きなダメージであるらしい。そんなことは頭ではわかっているつもりでも、実際にはあまり真剣に考えたことがなかったのだ。

人が転ぶというのは、なぜか。それは万事につけ、余裕がないからだと思う。

一九八一年に、常用漢字の改定があった。常用漢字というのは、一般に使用する漢字の使い方のメドとして定められたものである。

　その時には、あらたに九十五字が追加されたように記憶している。そのなかに、「悠《ゆう》」という文字があったはずだ。

「悠」という字が加わったことは、この国が戦後の廃墟《はいきょ》からたち直って、高度成長の坂道を登りつめたゆとりの証拠だろう。

「悠然」とか、「悠揚《ゆうよう》せまらぬ」とか、「悠々自適《じてき》」とか、そんな表現があるから、おのずと「ゆったり感」のある漢字である。

　古い世代の人なら、

「悠然トシテ南山ヲミル」

などという文句も思いだすのではあるまいか。

　それから三十年あまりがすぎた二〇一〇年、ひさしぶりに常用漢字の追加改定がおこなわれた。あらたに加えられた漢字のなかでも、ひときわ目を引いたのは、

「鬱《うつ》」

　という字である。

　字というのは、時代を象徴するものだ。こんど「拉《ら》」という字が選ばれたこと

にも、時代の風が感じられる。

いずれにせよ、「悠」の時代はすぎ去ったのかもしれない。

そんな時代に、どう適応していくか。

自分自身の日々の暮しようをふり返ってみると、これはもう最悪である。朝から晩まで、いや、午後から深夜まで、息せき切って走り回る日々の連続だ。

仕事がいそがしい、というわけではない。要するに時間の使い方がへたなだけなのである。

やるべきことをやらずに、ダラダラと無為《むい》に時間を浪費する。「いつやるか？いまでしょ！」などといわれても、ただぼんやりと坐《すわ》っている。妄想というか、空想というか、とりとめないイメージを次から次へと頭の中に浮かべつつ時がすぎていくのだ。

そのあげくに、息せき切って駆けだすはめになる。「悠」どころの話ではない。「鬱」になるひまもないくらいだ。

「のんびりと、ボチボチと」というのは、夢にすぎない。しかし、いつまでも走ってはいられない。さて、では、どうするか？

一日をふり返って、

「ああ、きょうはいい一日だった」

と、納得して眠りにつけるような人は幸せである。私など死ぬまでそんな時はこないだろう。

「自分の一生は、雑事に追われてすごした一生だった」

と、つぶやいて世を去った有名な宗教家がいたそうだ。

どんな高い信仰の言葉をのこされるよりも、その短い感想のほうがつよく私の胸にひびく。

「徒労《とろう》」

〈むだな骨折り〉と、辞書には出ている。人の一生というのは、理想に燃えて生涯をそのために捧《ささ》げる人もいるだろうが、どこかで〈徒労〉という感覚がないでもない。

このあわただしい世の中に、自分ひとりだけがゆっくり歩くわけにはいかないのだ。ぐずぐずしていては、まわりの迷惑にもなるだろう。そう思って時代のテンポに合わせて、セカセカ歩きながらも、時おりそこから脱落したい気持ちになることもあるのだ。

世の中には、ほとんど周囲に気をつかわない人も、まれにいる。そういう人が長生きするのだ、と教えられたこともあった。

たしかに、そうかもしれないと思う。

マイペースの人生を送れる人は、それはそれで幸せである。あわただしい世相に、つい自分の足どりを合わせてしまった後で、ため息とともにつぶやく。

〈なんとか自分自身の歩き方をとりもどしたいものだ〉

「悠」

という漢字が遠いものになってしまってから、ずいぶんたつ。

「のんびりと、ボチボチと」

などと心の中でくり返しながら、転ばぬように気をつかいながら足早に歩く。

時代の流れに逆らうのはいやだ。と、いって、その趨勢《すうせい》に身をまかせる覚悟もない。

河水の流れが澄むときは、頭にかぶった冠の紐《ひも》でも洗えばいい。

もし水が濁《にご》って黄色いときには、自分の汚れた足でも洗えばいいではないか。

屈原《くつげん》の故事を思いだして、自分にそういいきかせても、なかなかそうはいかないものなのである。のんびりと、ボチボチと、は、しょせん俗世の夢なのだろうか。

悲鳴から生まれる智恵

気持ちよく生きる。

人生で最も重要なことは、毎日を気持ちよく生きることだと思う。

いろんな生き方がある。世のため、人のためにつくして生きる人生もあるだろう。

大きな野心を抱いて、それを実現するという生き方もある。

心の平安をえて、悟《さと》りをひらくという道もすばらしい。

金や名誉や権力を手にするために、必死で戦うという人生もある。

おのれの信じる思想に殉《じゅん》じるのも、それはそれで立派な生き方だ。

愛に生きる、といううらやましい選択もある。

目立たずに、ひっそりと世間の片隅に暮すのも悪くない。その反対に無頼を売りものにして、好き勝手に暴れまわるのも、さぞかし痛快であるにちがいない。

しかし、と考える。

いずれにしても、気持ちよく生きなくては意味がない。どんなに意義のある人生であっても、本人の気持ちのなかに爽《さわ》やかな歓びがなければつまらない。

では、気持ちよく生きるための土台はなにか。

むかしからずっとそのことを考え続けてきた。そして最近になって、ようやくはっきりとわかってきたことがある。

あまりにもおそい納得である。自分の残り時間が目に見えるような時期になって悟ったのでは、いくらなんでもおそすぎると言わざるをえない。

しかも、それがあまりにも平凡で当り前のことなので、自分でも苦笑してしまうのである。

人が気持ちよく生きるための、第一の条件とはなにか。

それは、そこそこに快適な体調を維持することだ。要するに体のコンディションを保つ、ということである。

なーんだ、そんなことか、と呆《あき》れる人もいるだろうが、真理というものは常に平凡な姿をしているものなのである。

人は心の安らぎを求める。それは当然だ。

しかし、体調を崩していては心の平安などあるわけがない。言葉にならないほどの苦痛のなかで、見事に生きた人びとは少くない。しかし、それを幸せな人生といえるだろうか。私はそうは思わないのである。

体が痛めば心も痛む

私の周囲には、体調を崩して悩んでいる人たちが無数にいる。何年も微熱が続いて、そのためにいろんな部分に不具合いがでてきている人がいる。

頭を押しつけるような頭重《ずじゅう》に、絶えず苦しめられている人もいる。歯や、耳や、目などの慢性的な疾患で、気が狂いそうなほど辛《つら》い思いをしている人がいる。

病気とはいえないような、そんな症状ですら人の心をかき乱さずにはおかないのである。ましてはっきりした病気を抱えている人びとの悩みは、いくらこっちが想像しても及ぶところではあるまい。

私も以前はよく片頭痛に悩まされてきた。天気が崩れかけたり、台風が接近してきたりすると、とたんに頭痛がはじまるのだ。いったん発作がおきてしまうと、一週間は地獄だった。

吐くに吐けず、トイレで便器を抱えて夜を明かしたこともある。あまり長く続く頭痛に耐えかねて、壁に頭をゴンゴン打ちつけたり、ベランダから飛びおりてやろうかと思ったことさえあった。

腰痛で腰が抜けたようになり、タクシーに乗ったはいいが、目的地でおりることができなくなったこともある。

病気ともいえない、そんな不調ぐらいで悲鳴をあげたりしては、世の中の本物の病いと闘っていらっしゃる人たちから嗤《わら》われることだろう。げに世間は病める人びとにみちみちているのである。

どうしてこれほど多く病気に悩む人たちが存在するのだろうかと、思わずため息がでてくるくらいなのだ。

そして体の不調とか、病気とかは、たんに肉体的な苦しみにとどまらない。痛みや不安は、当然のことながら人の心につよく影響する。

パニック障害のように、心の不安定が体に直接反映することもあるし、その逆も多い。その関係の深さは、ただ健康などという域をはるかにこえているように思う。

人は生まれながらに病む

私たちは一日一日を気持ちよく、生きたい。そしてそのためには、なんとかコンディションを保った体をめざす必要がある。

なんとか、と書いたのは、完全な健康などというものは、この世にないと考えるからだ。

人はオギャアと生まれてきた瞬間から、死のキャリアとして生きはじめる。オリンピックまであと何日、とカウントダウンするように、私たちは一日一日、死へ近づいていく。

プラス思考というのがある。あと何日で死ぬ、というふうに考えずに、あと何日は生きるのだ、と明かるい側面を強調しようという説である。ワインのびんを眺めて、

「もうこれしか残ってないのか」

とは考えずに、

「あとこれだけ残っているじゃないか」

と、発想を逆転しようというすすめだ。まあ、一理あることはあるが、結局、同じことだろう。何杯か飲めばなくなることに変りはない。一種の気休めとして受けとるほうがいい。

四百四病は人が体内に生まれ持ったものだ、と考える。それが現れるのを、極力おさえることしか人間にはできない。だから完全な健康、などという幻想は捨てて、人は生まれながらにして病んでいる、と、覚悟するのだ。そこから気持ちよく生きる第一歩がはじまる。

小さな時間の小さな楽しみ

ちょっとした時間をもてあましているようなとき、いろんなことをする。

片脚で爪先立ちを何回できるかためしたり、どれくらい息を止めていられるか時計を見ながら計ってみたりと、そのときと場所に応じて様々だ。

息を止めるのは、断息《だんそく》といって無闇《むやみ》にやるのは避けたほうがよい。

坐って電車を待つような場合、なんとはなしに電子辞書の液晶画面を眺めることがある。この年になっても、知らなかったことがあまりにも多いことに驚く。ときには思わず吹きだしたり、おい、おい、ホントかい、と独りごちたりすることもある。

過日、三河安城《みかわあんじょう》の新幹線の駅の待合室でこだま号を待っているあいだに、電子辞書をいじっていた。

べつにこれという目的もなく和英辞典のキーを押していたら、「ぽいん」という日本語の英訳がでてきたのでびっくりした。

〈「ぼいん」 big breasts　大きな乳房　big boobs《俗》大きなおっぱい〉とある。

　まあ、なんといいますか、辞書を作る先生がたも、ご苦労なことであります。「ぼいん」を入れるか入れないかで、会議の席で議論なさっているシーンを想像すると、思わず微苦笑《びくしょう》を禁じえない。

　この「微苦笑」という表現だが、最近ではとんとお目にかからなくなった。私が中学生のころは、しばしば有名人のエッセイのなかにでてきた言葉である。念のために広辞苑《こうじえん》で「微苦笑」をさがしてみる。たぶん今はもう死語となった言葉だから、でてこないだろうと予想していたら、これがありました。

　びくしょう　微苦笑

〈微笑とも苦笑ともつかない笑い〉

という説明は、まあ、妥当なところだろうか。もうちょい痒《かゆ》いところに手の届かない感じもあるが、意味としてはこれくらいが精一杯だろう。久米正雄《くめまさお》の造語というのは知らなかった。

　ところで、「ご苦労なことである」と、書いた後で、ふと、これでよかったのかな、と不安になってきた。いつぞや、若いサラリーマンが得意顔で、こんなことをしゃべっていたのを思いだしたからである。

若きOLの貞操の危機

カウンターの食べもの屋で、職場の仲間らしい若い女性を相手に、その青年は先輩らしい口調でいっていたのだ。

「あのね、きみたちがふだんよく口にする言葉で、ヘンな使いかたが多いの気づいているかな。たとえばさ、よく先輩に、ご苦労さまでーす、なんていうだろ。あれは失礼なんだよ。ご苦労さんというのは、目下の者にいう言葉なんだ。ほら、部長がおれたちに、ご苦労！　なんていうだろ。あれが正しい使いかたさ。こういうことを憶えておくと、いつかきっと役に立つと思うよ」

「あらー、はじめて知ったわぁ。先輩、なんでもくわしいんですね」

と、うっとり男の顔をみつめる姿に、若きOLの貞操の危機を感じつつも、なにかちがうんじゃないか、と横で首をひねった。

たぶんそれは青年社員の記憶ちがいではあるまいか。「ご苦労さま」ではなくて、「お疲れさま」のほうと取りちがえているのではないか、と思ったのだ。

「お疲れさま」

とは、私たちもふだんよく使ういいかたで、徹夜でゲラを直して、編集部を去るときなど、若いスタッフがよく「お疲れさまでーす」などと声をかけてくれる。

これにはぜんぜん抵抗はないが、しばしば耳にするのが、

「お疲れさまは、目上の人にいうべきじゃない。自分より下の立場の相手に使う言葉だ」

と、いう説である。くだんの青年社員氏も、その話とこんがらがっていたのだろう。

そこで広辞苑を開いてみる。まず「ご苦労さま」。

これは「御苦労」の丁寧ないいかたであるのは当然だ。そこで、「御苦労」を見ると、

〈他人の苦労を敬っていう語。また、他人の骨折りをねぎらっていう語〉

この後に続いて、

〈──他人の無駄な骨折りをあざけってもいう〉と、ある。

「ご苦労さん」と独り言

私が「ぼいん」の件で使ったのは、どちらかといえばこのほうに近いが、しかし、決してあざけっているわけでもなく、無駄な骨折りを馬鹿にしているわけでもないのだ。その辺が解説ではつくせない微妙なニュアンスだろう。

では、「お疲れさま」のほうは、どうなっているか。広辞苑では「御疲れ様」は、

〈相手の労をねぎらう意の挨拶《あいさつ》語〉

とでている。すこぶるそっけない解説だが、「御苦労様」には〈敬って〉という表現があるが、こちらにはない。

〈相手の労をねぎらう〉という表現には、たしかに同輩か、やや目下の苦労をねぎらう感覚がある。

しかし言葉は生きものである。その時代、その社会によって用法も、意味も異

なって当然だ。

私個人では、若いスタッフから、

「お疲れさまでーす」

と、声をかけられることは、嬉《うれ》しい気持ちになりこそすれ、不快な感じはしない。

辞書も時代の産物である。そう考えると、「ぼいん」が和英辞典にのっていたとしても驚くことはないだろう。

などと小さな電子辞書のキーを押していると、あっというまに時間がたつ。

やがて遠くから新幹線の電車の音がきこえてきた。さあ、また移動だ。「ご苦労さん」と自分にいいながらたちあがる。

心萎える国と命甦る国

困った時代になったものです。

年をとると昔のことばかりが良く思われて、いま現在がなんともうとましく感じられるようになるという。

たしかにその傾向はあります。

「いったい、ありゃ何なんだろうね」

と、嘆《なげ》いたりすると、周囲の人たちから同情に似た目で見られたりすることがある。

「イッキさん、ちょっと年寄りくさくなったんじゃありませんか」

などと、たしなめられたりしかねない。言われてみれば確かにそうです。私が若いころ、年長者が昔のことをしきりに懐《なつか》しむのを苦笑しながら見ていたことがありました。

明治の人は江戸時代を、大正の人は明治を懐しく思う。昭和の人は大正ロマンの時代は良かったと言い、平成人は昭和の香りを小説やドラマに追い求める。そして、ため息とともに「昔は良かった」とつぶやき、「それにくらべると今はなんとひどい時代だろう」と愚痴《ぐち》をこぼす。

そういうのは、あまり好きではありません。ですから、老人の目でいまの時代を見るのはよそうと心がけて暮してきました。

「そう感じるのは、自分が年をとったからではないのか」

と、できるかぎり自分に厳しく、できるかぎり世の中に甘く、対してきたつもりです。

そんな反省をこめた目で客観的に眺めても、やはり今の時代はひどいと思う。なんという世の中になったのだろう、と、ため息をつかざるをえません。

毎朝、新聞を見ると、どぎつい大見出しが目に飛びこんできます。ほとんどがじつにいやな事件の記事ばかりです。

「あーあ」

と、思わず胸が苦しくなる。そして、その日いちにち心が晴れない状態が続きます。

夜になるとテレビが悲惨なニュースを、鬼の首でもとったように張り切って叫ぶ。ニュースキャスターがどんなに眉根《まゆね》にしわをよせて悲痛な顔をつくってみせても、どぎついニュースに勢いこんでいる様子は隠せません。

こんな空気のなかで暮していて、心が晴れ晴れとするわけがないのは当り前です。

おのずと気持ちが沈みがちになる。心が萎《な》えてくる。

「どうして人間とはこうなんだろう」

と思い、

「どうして世の中はこうなのか」

と考え、あげくのはてには、

「どうして自分はこんなふうなのだろうか」

と、自己嫌悪まで感じてしまう。

そんな日が続けば、おのずと日々の暮しぶりに反映してきます。

無気力感をおぼえる。あーあ、とため息がでる。心が萎えて、仕事や日常生活にも張りがなくなってくる。

もし、それが働きざかりの世代だったらどうでしょうか。この生存競争の世の中に、はたして生き残ることができるかどうか、きっと大きな不安をおぼえるにちがいありません。

無気力感をおぼえる若者たちが増えている

新聞に、あるシンクタンクが行ったアンケート調査の結果が出ていました。それによりますと、一部上場企業の、二十代、三十代の社員のなかで、日常に無気力感をおぼえるという数が、七十五パーセントにのぼるということでした。

私の身近なところにも、心療内科に通っているという若者が数人います。日頃おぼえる無気力感を一種の病気と考え、心療内科で治療してもらおうと通院しているのだという。

朝、ベッドのなかで目覚めて、ああ、また一日がはじまるのか、と、うんざりした気分におそわれる。やっと起きあがって、適当に身じたくをして家を出る。満員電車で会社につくと、他の同僚は笑顔でテキパキ仕事に打ちこんでいるかのように見える。自分だけ暗い顔でぼうっとしているわけにはいかないと、必死で笑顔をつくって、さも生き甲斐《がい》を感じているかのごとく働き、ぐったりして帰宅すると、もう顔を洗う元気もない。

そこで、これは病気だ、と考えるわけですね。風邪かなにかのように、悪いウイルスが心に感染して、心がインフルエンザにかかったのだ、と。

病気を治すのは病院だが、精神科ではなんとなく抵抗がある。そこで心療内科という、どこか軽やかで近代的な専門医のところへいって、相談をし、抗うつ剤とか、向精神薬などをもらってきて安心する。

そんな人たちが増えてきているのは、はたして良いことなのかどうか。

心の病いを自覚して、病院にいくというのは、決して悪いことではありません。人に隠して、自分だけでうつうつとしているよりは、よほどいいことかもしれないと思います。

しかし、それでも私の中には、なんとなく釈然としない気持ちが残るのです。

いまのような時代に、気持ちが沈む、心が萎える、鬱をおぼえる、それははたして病気として扱っていいものだろうか、と。

やさしい心の持主ほど傷つき、傷む

九州の山寺を最後に、日本列島各地の寺々を巡る旅をしたことがあります。百寺といっても、全国におよそ七万四千寺もあるという寺々の、ほんの一部にすぎません。

でも、その旅は私にとって、じつに実り多い旅だったとしみじみ思います。

各地の寺で、さまざまな仏像を拝むことができたのも、忘れられないことでした。そのなかで、不思議に心に残ったのは、ひどく悲しげな、じつに切なそうな顔をされた仏像に何度かお目にかかったことです。

仏という存在は、菩提心《ぼだいしん》をおこし、誓いをたて、長い修行ののちに悟りをえて仏となったと考えられます。

したがって、いまは涅槃《ねはん》の澄みわたった境地に住まわれて、心は澄みわたり平安そのものであるのが自然でしょう。

それがいまにも泣きだしそうな、悲しげな表情をなさっているというのは、一体どういうことなのか。

ある寺でご住職にその疑問をたずねてみました。すると、腕組みして考えていたご住職は、こう言われたのです。

「イッキさんは、こういう言葉をご存知ですかな。〈衆生《しゅじょう》病むが故にわれ病む〉」

そして続けて、こう説明されました。

「すべての悩める人々を救う、これが仏の誓願《せいがん》です。しかし、いま現世を眺めると、苦しんで助けを求めている人、痛みに耐えながら病いのなかにある人、悩み絶望している人、そんな人びとの声が巷《ちまた》に満ち満ちている。自分は仏の身でありながら、どうしてそのような衆生を救うことができないのか、と、思えば思うほど心が痛んで苦しい。仏教でいう慈悲の、悲《ひ》という感情を一杯にたたえているのが、この仏さまの悲しみに満ちたお顔なのではないでしょうか」

そう言われて、なにか自然に納得するものがありました。

そのことを思うと、いまの時代に心萎えるということが、なにか大事なことのように思われてくるのです。

病んだ時代に生きて、心が病むのは自然のことだ。傷つきやすい心、素直な心、やさしい心の持主ほど、いまの時代には傷つき痛む。こんな時代に生きていて心が萎えるのは、むしろ菩薩《ぼさつ》の心に近い人たちではあるまいか。人間的な、暖かい心の持主ほど苦しいのが、いまの時代なのだ。

もし、そうだとすれば、それを心の病気と考え、薬で退治しようというのは、ひょっとすると大きなあやまちかもしれません。

では、病んだ心、萎えた心を抱きつつ、この世に前向きに生きる道はあるのか、ということが問題になってきます。

私はそのことを、ずっと考え続けてきました。そして少しずつ考えがまとまりはじめているのですが、まだ十分ではありません。これから、少しずつ、ゆっくりとそのことについて語っていきたいと思います。

自殺を減らした国と増えつづける国と

さて、話ががらりと変ります。なにか少し明かるい世界をのぞいてみたくなって、以前訪れたフィンランドの写真を眺めることにしました。

北欧はかつて自殺が多いことで有名だったのです。ところが、フィンランドではこの十年間に、およそ五十パーセントも自殺が減少したそうです。スウェーデンも、ずいぶん少くなったと聞きました。

福祉がいきとどいた老人の国、そんなイメージが北欧にはあったのです。デザインやスポーツ、映画や先端技術の進んだ北欧には、どこか冷ややかな影の部分や、孤独感がつきまとっていたのですが、いまはちがいます。

白夜《びゃくや》とは、薄ぼんやりした灰色の風景ではありません。強烈な日ざしが照りつける鮮かな季節です。

この十年間に北欧では何が変ったのでしょうか。そして私たちの国では。

私たちの国では、自殺者の数が世界の先進文明諸国のなかでトップグループに属しています。二十歳から三十九歳までの世代の、死因の第一位が自殺であるという統計を見て、あらためて驚かざるをえません。

二万数千人という年間の自殺者の数は、もちろん公称です。実態はそれどころではないと私は考えています。

この十年間で自殺者の数を五十パーセントも減らした国と、統計史上最高記録を更新しつつある国。

以前はデザインや、伝承文学、そして音楽の面で興味をそそられた北欧でしたが、いまは人間の命を甦《よみがえ》らせた国として、北欧に関心をおぼえます。フィンランドも、スウェーデンも、はなはだしく人口の少い国です。少子化が問題になり、対策大臣までもうけられている有様ですが、人が多いということがどれほど良いことなのか。少子化は社会の崩壊をもたらすのか。

見渡すかぎりの自然の芝生に、ぽつんぽつんと点在する家族づれのピクニックの光景を眺めながら、いろんなことを考えさせられました。

これまで北欧といえば、どこか洗練された斜陽の国というイメージがありました。しかし、私の印象はちがいます。私がはじめてフィンランドを訪れたときよりも、現在のほうが若者たちの表情はいきいきしている。車椅子《いす》で書店を訪ねてくる老人の表情にも、どことなく明かるさを感じたといえば、ひいきのひき倒しと笑われるでしょうか。

自殺が増えていく社会と、それを減らすことに成功した社会と、どこがどう違うかを、これからも注意してみつめていくつもりです。

箸は二本というけれど

明治時代のもの書きに斎藤緑雨《さいとうりょくう》という人がいました。小説、評論、エッセイと、口八丁手八丁《くちはっちょうてはっちょう》の仕事をした卓抜な文筆家です。

緑雨、という名前を講演の際に黒板に書いたら、

「まあ、素敵」

と、最前列の若いマダムがため息をつきました。たぶん、ハーレクインロマンスとか、ロマンチックなヤングアダルト小説の作者を想像したのかもしれません。

斎藤緑雨といってすぐにうなずくのは、最近ではかなり活字に親しんでいる文学ファンぐらいのものでしょう。樋口一葉《ひぐちいちよう》さんともご縁があった人物ですが、一葉はお札《さつ》になっても緑雨は無理。とびきりの毒舌と辛辣《しんらつ》な警句で名を残した人ですから。

緑雨は江戸っ子風を吹かせて、野暮《やぼ》な連中をこっぴどくやっつけました。そのために江戸の生まれのように思う人もいたようです。しかし、緑雨は伊勢《いせ》の神戸《かんべ》、

いまの鈴鹿《すずか》のあたりの出身で、必ずしも都会っ子ではありません。

大手の出版社から立派な全集も出たこともあり、緑雨の評価も年々あがってきつつありますから、そのうち、一葉とペアでお札にするというのはどうでしょうか。

こういうフリーキッシュ（風変り）なもの書きには、シブい愛読者がつきものです。地元鈴鹿で毎年おこなわれる「緑雨忌」には、遠く九州や北陸から参加するファンもいるらしい。しとしと降る雨のなかで、傘《かさ》をさして故人を偲《しの》ぶというのは、なかなか風情《ふぜい》がありそうです。

まず笑い、やがて心に刺さる緑雨の警句

なんで突然、緑雨の話なんぞを持ち出したかといいますと、人口に膾炙《かいしゃ》している彼の名言をふと思い出したからです。名言というとなんとなく教訓的になるかな。緑雨の簡潔鋭利な警句は、辛辣ではあるが、「お説教」ではない。おのれの心に突きささる野いばらのトゲのような自己批評の悲哀が感じられます。ただの

毒舌ではありません。

思わず笑って、あとでしんとした気持ちになるところがあるのです。外国語ではアフォリズムとかいいますね。しかし、アフォリズムというやつには、どこかもっと硬質なものがあるんじゃないでしょうか。緑雨の言葉のほうが、かなり人間くさい卑近なところがあって、ぼくはそこが好きです。

「筆は一本也《なり》、箸《はし》は二本也」

と彼は言います。

「衆寡《しゅうか》敵せずと知るべし」と。

要するに、ものを書いても食っていくことは難《むずか》しいんだ、ということですね。原稿料を稼ぐのは一本の筆。それに対して飯を食らう箸は二本である。二本と一本ではとても勝目がないじゃないか、というわけです。

そういえば五千円札の絵柄になった樋口一葉も、生活にはずいぶん苦労しています。

しかし、明治の文人がみな二本の箸に負けたかというと、そうでもないところがおもしろい。尾崎紅葉《おざきこうよう》なんて大御所は売れっ子でしたが、それ以上に盛大に稼ぎ、盛大に食ったのは村井弦斎《むらいげんさい》という作家。

この人の超ベストセラー『食道楽』が岩波文庫から出版されています。村井弦斎の伝記を書いた黒岩比佐子《くろいわひさこ》さんは、二〇〇四年のサントリー学芸賞を受けています。「食育」などという言葉もあちこちで使われて、今も村井弦斎ブームの感じが続いているような気配です。

この、筆一本で大成功した文筆成金の村井弦斎と、たかが箸二本に泣いた斎藤緑雨とが、ある時期ちょくちょく顔を合わせていました。顔を合わせるだけでなく、けっこう気も合っていたようですから不思議なものです。ときには弦斎の手料理をごちそうになったこともあるらしい。

原稿料というものは芸者、役者とおなじ花代

ぼくが新人賞をもらって小説を書きはじめたのは、四十年以上前のことです。当時ぼくは北陸の金沢《かなざわ》に住んでいました。受賞第一作を書いた最初の年の年収は、たしか十万円に満たなかったはずです。つい最近まで、その年の源泉徴収票を記

念にとっておいたのですが、紙くずにまじって捨てられてしまいました。

そのころのぼくの原稿料が、一枚八百円。これが高いか安いかは、なんとも言えませんね。なんたって作家の原稿料は花代ですから。役者、芸者、作者、要するにみんな時価です。その点、緑雨の時代とあんまり変ってはいません。

メジャーリーガーのように、代理人《エイジエント》でもたてて交渉するようになれば別ですが、気持ちとしてはそうしたくないところがある。花代で、ま、いいか、と思ってしまう。芸術家あつかいされる位なら、芸者、役者と一緒に暮したいというのが、正直な気持ちです。

新人のぼくが八百円の原稿料だった一九六〇年代、同じ雑誌に書いておられた川口松太郎《かわぐちまつたろう》さんは、一枚八千円だと聞きました。十倍というのは、かなりの差のように思われますが、芸者、役者の世界では当然でしょう。吉本興業あたりのタレントさんなどは、上下で百倍ちがうのは驚くにはあたらないらしい。歌手の世界では、同じレコード会社の専属で、千倍ちがう場合が現にあります。

北陸に住んでいるポッと出の新人作家が八百円で、大長老の川口松太郎さんが八千円というのは、じつにフェアな業界であるなあ、と感激したものでした。

斎藤緑雨の原稿料が一枚いくらだったのかは、緑雨研究家である鈴鹿の衣斐弘行《いびひろゆき》さんにでもきけばわかるでしょうが、一枚あたりの金額よりも、そもそも量が少かったのではないかと思われます。彼はいくつかのペンネームを用いて執筆しました。正直正太夫《しょうじきしょうだゆう》というのは、よく知られた筆名ですが、江東《えとう》みどりという名前も使ったらしく、ちょっとほほえましい感じがする。

チャーハンと原稿、どちらが悪いか

さて、ぼくももの書きの一人として、緑雨先生の忠告は忘れませんでした。「筆一本」というのが、そもそも問題だ。筆は箸よりも多いほうがいい。筆五本ぐらいにすれば、箸なんかに負けなくてすむのではないか。

と、いうわけで、最初はエンピツ、それから万年筆、やがてボールペン、油性インクからサインペンまで、ありとあらゆる筆記用具を総動員して、原稿を書いてきました。

最近ではほとんどの作家がパソコンを使うようです。いまどき原稿用紙にミミズがフィギュアスケートをしているような字を書く小説家など、そのうち世界遺産に指定されるかもしれません。

二本の箸に負けないために、たくさんの原稿を書く。すると、当然のことながら手が疲れてきます。左右の手が使えないのが困りものです。右手一本の筆づかいは、両手で打つキーボードにはかないません。

やがて、右手に故障が出てきました。専門的にいうと上腕骨外側上顆炎《じょうわんこつがいそくじょうかえん》という。要するに手関節の背屈運動をくり返すことによって生じる炎症です。もの書き以外には、中華レストランのコックさんにも多いらしいんですね。重いフライパンをあおって、一日中チャーハンや炒め物をつくるのがひびくのでしょう。

チャーハンをつくるのと、文章を書くのと、どちらが手に悪いかといえば、やはり文字だけを書き続けるほうなんじゃないか。

そこで、さまざまな職業的工夫をこらしました。まず、いろんな筆記用具をチャンポンに使う。エンピツで書いたり、万年筆をつかったり。万年筆も国産のものから外国の有名ブランドものまで、何十本もとっかえひっかえ書く。最新の万年筆や、一九五〇年代のアンチークにちかいものや、軟かなペン先と硬いペン先を使い分けたり。筆は一本どころじゃない。筆百本といったところです。

さらに筆記用具の握りの太さを工夫する。モンブランの太いやつでもぼくには物足りないので、テニスのグリップに巻くテープを握りに巻いて、それをわし摑《づか》みにして書くということまでやりました。

インディアン・サマー色のインクを使って

その次に試みたのが、書体を変えることです。ぼくは新人のころ、ガリ版文字のような律儀《りちぎ》な文字を小さく書いていたのですが、思いきって書体を多様化してみたのです。たとえばエッセイ、雑文のたぐいは右上がりの乱暴文字で書く。

小説の場合はフラットに、そしてときどき右下がりの変な文字も使う。こうして三種類の文字をかわりばんこに書くことで、指の疲れがずいぶん楽になりました。

執筆の姿勢もフリーにします。机にむかい椅子に坐って書く。こたつに猫背になって書く。喫茶店の片隅でコーヒーカップ片手に足を組んで書く。新幹線のなかで、飛行機のシートで、腰痛の時には窓枠に画板をのせて立ったまま書いたりもしました。

風呂の中や、トイレで書いたこともあります。さぞ湿った臭い原稿だったにちがいありません。さすがに歩きながらは無理でしょうね。

むかしは書いた原稿をそのまま編集者に手渡ししていました。真冬の一月の深夜、駐車場のあたりで足踏みしながらぼくの原稿を待っている編集者がいたものです。ファクシミリが普及してからは、ぜんぶファックスで送ります。残った生原稿はシュレッダーにかけて、粉々にするのが習慣です。

右上がり、右下がり、フラットと、いろんな書体の原稿がシュレッダーに吸いこまれていくのを見ると、ほっとする気持ちがあるのはなぜでしょうか。

先日、手づくりのインクというのをある読者からプレゼントされました。要するに専門のブレンダーが腕によりをかけてブレンドしたインクです。使ってみると、日灼《ひや》けしたような褐色《かっしょく》で、なかなか味があります。

むかし、アメリカの友人に、「インディアン・サマー」というと、どんな色を連想するかをたずねたことがありました。ぼく自身はなんとなく黄金色といいますか、ベージュがかった明かるい色を想像していたのです。その友人の答えは「濃い褐色」ということでした。

　インディアン・サマー色のインクで原稿を書いていると、なぜか少し心がやわらぐ感じがあります。そのうちペルシャン・ブルーとか、ブリティッシュ・グリーンとか、いろんな色のインクを使って原稿を書いてみようかと考えたりします。そんな楽しみでも考えださなければ、とても毎日毎日、原稿を書き続ける根気は湧《わ》いてきません。

「筆は百本ありとても」

という文句がふと口をついて出てくる今日この頃ではあります。

五目炒飯文化のゆくえ

最近の新聞に目をとおすと、横書きの文章がやたらと増えつつあるように見える。

新聞によっては、タイトルも横である。なによりも、ラジオ・テレビ欄がすべて横組みだ。

テレビ番組のページは、おそらく新聞でいちばん読まれている箇所ではあるまいか。こんなことをいうと叱《しか》られそうだが、社説は読まなくても、テレビ欄を利用しない読者はほとんどいないだろう。

経済の株式のページも横である。数字がはいるから当然かもしれないが、これも相当な分量である。

催しものや情報などの記事も横が多い。音楽のランキングや、その他のニュースも、横に組まれているものがほとんどだ。

新聞の連載小説は、さすがに縦書きである。そのデザインは明治以来ずっと一貫して変らない。

地方紙の中には、長細い縦の囲みのなかに小説をのせているところもある。新鮮な感じもするし、一面、どこか落着かない印象もある。

私たちの日常生活に、いちばん深くかかわっている新聞に、これだけ横の文章がふえてきたということは、日本人の暮しそのものが大きく変化しつつあることの反映だろう。

パソコンは基本的に横だし、いろんな文書も横だ。週刊誌が縦組みを守っているのは、それなりの理由があるにちがいない。夕刊紙の競馬記事も、あくまで縦組みである。

韓国や中国の文芸書は、すべて横組みだ。禅の古典に『六祖壇経《ろくそだんきょう》』というのがあるが、これも横で、漫画になっている版もあった。

そのうちすべての活字が横組みになるのだろうか。いまの勢いでいくと、どうやら縦組みに勝目はなさそうに思われる。世の中はとうとうとして横に流れつつあるかのように見えるが、はたしてどうだろう。

私個人の判断では、当分はそうはなるまい、と考えている。日本人というのは、白か黒かという二者択一だけではなく、いろんなものを五目炒飯《チャーハン》のようにごったまぜにして活用する才能に恵まれているからである。料理ひとつとってみても、じつに対応力が柔軟で多様である。その辺がおもしろいのだ。

上下左右、東西南北

私の好物にカツカレーがあって、よく人に笑われる。

「あれは体に良くないでしょう」

などと忠告してくれる人もいる。しかし、熱々の揚げたてカツを、ご飯の上にのせ、どろりとカレーのソースをかけたカツカレーは、文句なしに旨《うま》い。

そもそもトンカツという料理そのものが、縦と横の料理の組み合わせではないか。そこに米の飯があり、カレーがある。上下左右の料理文化が見事にミックスしているのだ。

広島へいったときに、カキフライカレーというメニューがあった。京都ではイナリ丼《どん》というのを食べた。丼飯《どんぶりめし》の上に、しっかり味のついた油揚げが座布団のようにのっている。

私が大学生のころには、スパゲティをおかずに飯を食うというメニューもあった。現在のラーメンライスみたいなものである。

日本の活字文化も、よく眺めてみると、まさしく五目炒飯そのものだ。

まず漢字がある。そして平仮名がある。そのなかにカタカナの文字が加わる。

これだけで三種混合だ。

そこにローマ字がはいる。数字にしても漢字とアラビア数字があり、ときにはローマ数字もはいってくるからややこしい。一、二、三、1、2、3、I、II、III、みんな文章のなかにでてくる。

ごくまれにではあるが、梵字《ぼんじ》といわれるサンスクリット文字やラテン語の文字も目にすることがある。

これにくらべると、英文などは、なんともすっきりしたものだ。日本人はなんと複雑多様な文字を自由自在に使いこなしているのであろうかと、みずからかえりみて驚嘆せざるをえない。

要するに洋服を着、革靴をはきながら、お座敷でフグ料理を食べたり、コタツで液晶テレビを見たりする、そのさりげない器用さがわが民族の特性なのかもしれない。

縦と横とで生きていく

むかしCMソングを書くことを職業としていた時代があった。一九五〇年代から六〇年代にかけてのころである。

日本酒のCMソングもしばしば書いたが、いまでもおぼえているのは、日本調のきわめてしっとりしたメロディーにはめこんだ苦心作の一節だ。

〽酔えばおまえが綺麗《きれい》にみえる
なんて、憎いひと

といった調子の歌詞だが、ライターとしては精一杯気分をだすつもりで、原稿用紙に縦書きで書いた。お座敷ソングのつもりである。

その歌詞がプリントされると横に組んであった。これが情感がないことおびただしい。

しかし考えてみると、楽譜そのものがすべて横書きだ。縦書きの楽譜なんて見たことがない。その楽譜の下に、ひとつずつ歌詞をそえていくのだから、いくら抵抗しても無駄なのである。

いまでも雀《すずめ》百まで踊り忘れず、で、歌謡曲・艶歌《えんか》の文句を書いたりするが、渡すときは縦書きの歌詞である。

〽旅の終りに　みつけた夢は

などと気取って書いても、スタジオで渡される歌詞はすべて横になっている。

縦と横を上手に使いながら、私たちはこれからも生きていくのだろうか。

どうしてもわからない

どうして？　と、首をかしげる日々

大阪のとあるホテルでエレベーターにのった。

目的の階をさがしてボタンを押そうとするのだが、数字がはっきりしない。エレベーター内の照明が、間接照明で暗いこともある。

しかし、それだけではない。階数を表示してある文字盤が、妙にモダンなデザインで、文字が極端に小さいのだ。

エレベーターの中で、いちいち老眼鏡を出すのも面倒で、つい適当な場所を押した。案の定、まちがった数字を押したらしく、目標の階とはちがうフロアで扉があいてしまった。

最近、こういうことがしばしばある。ラジカセやテレビの操作もそうだ。加湿器や電子レンジのような日常品でも、やたらと字が小さい場合が多い。

展覧会の案内状をいただく。以前、仕事でお世話になったかたなので、時間をつくってうかがうことにする。ギャラリーの場所を確かめようと、案内状の文面を見ると、住所や電話番号が豆粒のような文字。いや、豆粒とか米粒とかいった話ではない。拡大鏡を使ってもはっきり見えないくらいの、粟粒《あわつぶ》くらいの大きさの細字である。

タクシーの室内燈《しつないとう》をつけてもらって、ためつすかしつして判読しようとするが、どうしてもだめだ。

一体、どういう目的でこれほど微細な活字を使うのか。意地悪をしているとしか思えない。そもそも情報とは、伝達を目的に提供されるものではないか。

後日、若い編集者にそのことをこぼしたら、

「ちょっと拝見」

と、私の手から案内状をとって、

「読めますけど」

「へえ、これが読めるの」

「ええ。ちょっと小さ過ぎるとは思いますが、デザイン上の処理の仕方でしょうね」

デザインとは何のためにあるのか、と反問しようと思ったが、やめた。たしかに、小さくまとめて、紙面の片隅に印刷するという感覚は、わからぬでもない。若い編集者が読めて、私が読めないというのは、要するに老化による視力低下のせいである。つまり老眼のせいだ。それはわかっている。

しかし、と、声に出さずにつぶやいてみる。

時代は少子化の傾向にあるという。それに対して、高齢者の数は増える一方だ。新聞の報道では、百歳以上の高齢者の数は、わが国だけで六万人あまりに達するらしい。いずれ、さらに数千人が新たに加わるそうだ。

これは大変な数字である。

むかしは、

「人生五十年」

と、いった。これは皆が五十歳まで生きるということではない。日本人の平均年齢は、第二次世界大戦の終了後まで、おどろくほど低かった。

「人生五十年」

というのは、人は平均それくらい生きるという話ではなく、むしろそこまで生きたい、という願望であったとみていい。五十歳ぐらいまでは、なんとか生きたいものだという、達成目標だったのではあるまいか。

ところが現在は、

「人生百年」

の時代である。それも願望ではない。現実にそれが可能になってきたのだ。

しかも、数年後にはいわゆる団塊の世代と呼ばれる人びとが、社会の最大多数のグループとなってくる。その世代が老眼期を迎えるのである。

もちろん、老眼は人によって始まる時期がちがう。私の周囲にも四十代のはじめで老眼鏡を作った友人もいるし、六十歳を過ぎても、ぜんぜん視力のおとろえを感じないという男もいる。

しかし、今後のこの国では、粟粒のような細字を読むことに困難を感じる人びとが、大半を占めることになってくるだろう。人生百年時代には、視力にハンディキャップをもつ人びとが普通になってくるはずだ。

ハンディキャップ、と書いたが、小さな字が読めないということは、じつに大きなハンディキャップである。情報の大半は文字で伝達されるのだから、老眼の人は視力の不自由さを感じているグループと考えていい。

なにがデザイン感覚だ、なにがデザイン上のレイアウトだ、と、心の中でつぶやく日々が、きょうも続いている。

あるデザイナーの思い出

前にもどこかで書いたことだが、このような電化製品や、生活用品などを製造している企業の、えらい人たちは、実際に自社の製品を使うことがあるのだろうか。経営者というものは、いろんなことを自分でする必要もなしに暮しているのだろう。

自動車はドライバーに運転させる。自分でパネル回りを見たり、ボンネットをあけたり、ガソリンを補給したりはしない。

ラジカセも、デジカメも、テレビも、リモコンも、自分で使ってみてこそ、その不自由さがわかるのである。

若いデザイナーたちは、自分たちの仲間のためにデザインをする。見た目の美しさだけを考えて、英語ばかりの標示が流行する。

ほんとうのデザインとは、まず、見やすく、わかりやすい情報を提示することだ。デザイナーにかぎらず、いまの時代は、漢字とか日本語による標示を嫌っているとしか思えない。

ある国際的に活躍している著名なデザイナーに、こんな話をきいたことがあった。

その人は戦後、小学生のころ、はじめてアメリカのチョコレートを手にした。たしかハーシーの板チョコだったはずだ。そのパッケージの英語のデザインを見たとき、こんなに美しいものがこの世にあるのだろうか、と、感動したという。チョコレートは食べてしまったが、その包み紙にアイロンをあてて、こっそり自分の机の引出しにしまっておいた。ときどきそれを出して眺めては、うっとりしたという思い出ばなしだった。

いい話だと思う。横文字のレイアウトに魅了された小学生が、やがて世界で活躍するデザイナーになるというのも感動的だ。

戦後の日本のデザインの世界は、もっぱらアメリカの広告デザインに傾倒する気持ちから出発したとみていい。アメリカの新聞や雑誌の広告の、なんと鮮烈な印象だったことか。

私も子供心に、フォルクスワーゲンがアメリカの新聞に出した広告を見て感動したことがあった。

英字のデザインも、また美しかった。漢字かな混りの日本文字が、なんとも無《ぶ》様《ざま》に思われたものである。

その時代の後遺症を、日本人はまだ引きずっているようだ。英字だけが美しいのではない。漢字も、かな文字もまた独特の美しさをもっているのである。

デザインを志す者なら、漢字かな混りの文字を嫌《いや》がったりせずに、大きく明快な日本字で美しい現代デザインを完成させることを夢見てほしいと思うのは、私だけだろうか。

お年寄りは幼児ではない

そんなことをいいながら、いわゆる「お年寄り向け」と称される製品は嫌いなのである。

文字が大きいのはいい。英語でなく日本字で標示されているところもありがたい。

しかし、それでいてもつのが嫌なのは、デザインがいかにも老人くさいからである。「お年寄り向け」の製品には、デザインなど関係ない、といった気配が感じられるのだ。

逆に幼稚なレトロ感覚でデザインされているのも、また嫌である。老人なら皆が懐メロのファンだろうと、勝手に決めこんでいるところが不愉快である。

おいおい、高齢者にだって美意識はあるんだよ、と、つい口を尖《とが》らせたくなってしまう。

先日、ある老人ホームのドキュメント番組をテレビで見た。いかにも優しそう

な看護師さんが、車椅子の老人に、

「さあ、おメメをふきましょうね」

と笑顔で声をかけているシーンがあり、私はつい目をそむけてしまった。

老人というのは、人生の功労者である。こんな世の中に、そこまで生き続けて、いまも生きているというだけで大した存在なのである。

たとえ巨富を残さなくても、名誉を受けなくても、人に誇れる仕事をしなかったとしても、高齢者はすべて人生という戦場における歴戦の勇者だと私は思う。

戦場というたとえは悪いかもしれない。しかし、この世に生きていくということは、至難のわざなのだ。その荒波をくぐり抜けて、いま、車椅子に坐っている。そのキャリアに対する深い尊敬の念があれば、人生の大先輩にむかって幼稚園の園児にむけていうような言葉遣いをするべきではない。

たとえ子供に還《かえ》っている老人に対してでも、きちんと対応することが大事なのだと思う。

いったいにこの国では、高齢者を幼児のように扱うことを良しとする気風があるようだ。

私がときどき胸が痛むのは、高齢者を集めて、タンバリンなどをもたせ、童謡をうたわせている光景である。無表情にタンバリンを叩《たた》いている、その人たちは妙にうつろな目をしているように見えてならない。

人というものは、ひとりひとりちがう。好みも、人生観もさまざまだ。童謡が好きな人もいるだろう。歌謡曲が好きな人も、民謡が好きな人もいるだろう。クラシックしか聴かない人もいるだろう。そもそも歌というものに関心がない人もいるのである。

とりあえず高齢者というのはこうだ、と勝手に決めて、一律に扱うことはやめてほしいと思う。

エントロピーを超えて

それにしても、と、深夜ひそかに考える。

人生というものは、なんというヘンテコリンなものであろうか。

営々と生きて、後半に待っているものはおとろえである。老眼はまあいい。あらゆる面で体も、脳も、感情もおとろえていくのである。私自身も、痛切にそのことを感ぜずにはいられない。いくら脳トレにはげんだところで、記憶は確実に錆びついていく。足腰の痛みや、指先の不自由さ、反射神経のおとろえなど、すべて具合がわるくなってくるのだ。

鉄も錆びて腐《くさ》っていく。それをエントロピーという。

本来なら、生き難い世を必死で生きてきた人たちすべてに、ご褒美があっていいはずではないか。人は年をとるにつれて、元気になり、美しく、健《すこ》やかに変化していってこそ人生だろう。

最後のゴールが死であることに文句はない。しかし、おとろえののちに死が待っているというのは、なんとも納得がいかない。

「人間が長く生き過ぎるせいさ」

と、友人の医師は言う。

「人間は五十年くらいが耐用期間なんだよ。体の各部分は、五十年はちゃんともつように作られているんだ。それ以上に生きるから問題が出てくる。地球上の生物のなかで、人間だけがどうして自然の寿命をこえて、欲ばって生きようとするんだろう。それに対する天罰が老化なんじゃないのかね」

たしかにそうかもしれない。人生五十年と割り切ってしまえば、アンチ・エイジングなどと騒ぐ必要もないだろう。

最近、しきりに思うことは、人はそれぞれの人生の幕引きを、自分で決めてもいいのではないか、ということだ。

それは自殺ということではない。尊厳死とか、安楽死とかいうことでもない。生まれてくるときは、自分の意志で誕生したのではないのだから、人として生きた最後ぐらいは本人の意志で選んでもいいのではないかと思うのである。

家族や友人知己にちゃんと挨拶もし、後片付けも終えて、気持ちのいい日に好きな場所で、苦痛なしに静かにサヨナラする。周囲も騒がず、納得して見送る。生前告別式をやりたい人はやればよい。黙って死にたい人はそうすればよい。

これだけ科学や医学が発達している時代なのだから、穏《おだ》やかに死を迎えることのできる薬品ぐらいすぐに開発できるだろう。夫婦が一緒に往くのもいいし、独りもまたいい。

異論も多いことだろうが、私は冷静に周囲を眺めて、いまの世の中で老いていくことは悲惨なことだと思う。幸福な晩年を送っておられるかたは、例外的なその幸運を謙虚に感謝すべきだろう。

さて、とりあえずきょうも迷いながらの一日が過ぎてゆく。

金をかけない道楽のすすめ

道楽、といえば、やたらと金がかかるもののように思われてきた。飲む、打つ、買う、の三拍子で破産した人も多い。道楽者というイメージは、イコール浪費家という感じである。

じつをいえば、私は子供のころから、ひそかに道楽という世界に憧《あこが》れてきた。親戚《しんせき》の家の三男坊に、いかにもそれらしき若者がいて、筑後《ちくご》地方の田舎から博多《はかた》のダンスホールに通っているという。

派手なアスコットタイなどを首にまきバスででかけていく姿に、ため息をつきながら見とれたものである。彼が口ずさむのは、灰田勝彦《はいだかつひこ》のヒットソングだった。

その青年が、いつのころからふっと姿を見せなくなった。どうやら金銭のトラブルがあったらしい。噂《うわさ》では、筑豊《ちくほう》の炭鉱町へ流れていったという。

当時、私はまだ中学生で、筑豊へはいったことがなかった。

「筑豊て、どげんなところね」

と、大人にきくと、

「あん奴《やつ》のごたる道楽もんが、おちていくとこたい」

と、教えられた。

なんてカッコいいところなんだろう、と、私は思った。日本全国からあんな青年がぞろぞろ集ってくるなんて、すごい土地ではないか。

やがて少年の私は、照明にひかれる蛾《が》のように、筑豊へ吸いよせられていくことになる。

行商のアルバイトで訪れた筑豊は、イメージとはちがう労働者の町だったが、農村にはない活気と華やぎが残っていて、ゾクゾクするような刺戟《しげき》と、ヒリヒリするような魅力にあふれていた。昭和二十年代の中頃の話である。

そんな少年時代の思い出のせいか、道楽イコール金のかかるもの、という考えが、ずっとつきまとって離れなかった。しかし、道楽者に対する憧れや、道楽をしてみたいという願望は、いつも心の奥にあったように思う。

五十歳を目前にしたころ、その気持ちが押さえきれなくなってきた。

しばらく仕事を休んで道楽をしよう、と、ふと思いたった。知らない町で暮してみたいとも考えた。そして、三年間、京都に住んだ。

水で遊ぶのも道楽

京都では大学の聴講生になって、若い連中といっしょに授業をうけた。特別な目的があったわけではない。要するに一種の道楽である。聖護院《しょうごいん》に住んで、下駄ばきであちこち散歩ばかりしていた。

すぐ近くのＹＡＭＡＴＯＹＡというジャズの店に通ったり、古本屋をのぞいたり、お坊さんや学者の先生がたと麻雀《マージャン》の卓を囲んだりもした。みんな道楽である。ありがたいことに、どれもそれほど金のかからない道楽で、身をもちくずすところまではいかなかった。根が貧乏人のせいなのだろう、豪快な道楽にはついに縁がなかったのである。

しかし、最近では少し考えかたが変ってきた。なにも金をかけるばかりが道楽でもあるまい、と思うようになってきたのだ。

湯水のように札束をばらまくのは、ＩＴ長者にでもまかせておけばよい。身のまわりを見渡せば、一円の金もかからない道楽がゴロゴロしているではないか。私がしばらく凝っていた道楽のひとつに、「水遊び」というのがあった。泳ぎではない。もちろん酒場通いでもない。

文字通り、いろんな水を一口ふくんで、そのブランドを当てる遊びである。ワインの銘柄をたちどころに当てるのも粋《いき》なものだが、水にもまた奥深いあじわいと風土の歴史があるものだ。

コップの裏に水の銘柄を書いたシールをはっておき、対戦者にさしだしてもらう。口にふくんで水のブランドを当てると勝ち。

一人でやれば「水遊び」、二人でやれば「水合戦《みずがっせん》」である。

「肩で息をする」とは？

しかし、いつでもどこでも気軽にできる道楽といえば、やはり呼吸法にとどめをさすのではあるまいか。

私は三十代から四十代にかけて、肺気腫《はいきしゅ》に似た症状に悩まされて、息が吐けないで困ったことがあった。

吸った息を吐きだすのが難しいのである。なぜか地下鉄に乗ると特に苦しかった。

そこで肺の構造について調べたり、教わったりして、しだいに呼吸というふしぎな世界に魅せられることになっていったのだ。

ヒトの肺は、左右に一つずつある。右側の肺は、上葉《じょうよう》、中葉《ちゅうよう》、下葉《かよう》と三つからなるが、左肺は上、下の二葉だけである。

私の素人考えだが、ふだん私たちは肺の全体を十分に使って呼吸していないのではないか。

俗に「肩で息をする」などというのは、肺の上のほうだけしか使わない呼吸だろう。

まず、自分の肺が体のどのあたりにあるかを、図を見たり、手で触ったりしてはっきり確めなければならない。

つぎに頭で理解したものを、体で体感する必要がある。息を吸うとき、吐くとき、肺のどの部分が働いているか、横隔膜はどう動くか、などなど。

いわゆる腹式呼吸とは、腹に息を吸いこむことではない。あくまで呼吸は肺の作用である。胸郭や、筋肉や、腹圧を利用して肺をサポートするのだ。

肺全体を活用して呼吸することに慣れれば、それはすごいことである。禅も、ヨガも、つまるところは呼吸をテコにして自己を発見する道だろう。

流行・風俗・時代へのこだわり

流行語というものがある。

若いころ流行《はや》った言葉を、つい口にしてしまって笑われることがたびたびある。

「アベック」

などというのも、その一つだ。

「京都の鴨川《かもがわ》の川べりには、いまでもアベックが等間隔でずらーっと並んでいて
――」

と説明したら、同席していた連中が笑いを押さえきれない風情で、

「アベック、ですか」

男と女が仲よく手をつないでるのはアベックだろう、というと、

「アベックとはいいませんよ」

「じゃあ、なんというんだい」

「カップルとか――」

ふーん、まあ、いいか。

しかし、鴨川の岸にカップルが並んで坐っていて、では感じがでないでしょう。やはりここは、古風に、アベック、といきたいところだ。

流行語は時代が変って古くなると、死語になる。

先日も、

「あの歌のB面の曲はね」

と、いったら、

「ああ、カップリング曲ですか」

と、きた。

「いや、CDならそうもいうだろうが、ドーナツ盤のレコードだからB面だ」

「ドーナツ盤って？」

「EPだよ。LPじゃなくて小さいほう」

「EPといいますと？」

世代間の対話が少くなったのも当然だろう。

最近、六〇年代ブームとかいう話もきくが、本当だろうか。

私が若いころ書いた歌の文句に、

〽国電《こくでん》の駅から五分

　プラタナス並木の道に

と、いうのがあった。その曲をカバーする際に、

「国電ってのをどうします？」

と、ディレクターがいう。

「うーむ。山手線の駅から五分、じゃ字あまりだし、ＪＲの駅から五分というのもなあ」

「じゃあ、そのままでいきましょう。セピア色の感じで、いいじゃないですか」

近頃は、あっというまにセピア色になってしまうのだ。その流行りすたりのサイクルが、おそろしくはやい。

むやみと新語をつかいたがるのも恥ずかしいが、古くなった流行語を平気で口

にするのも勇気がいる。

さすがに旧世代の私でも、

「ナウい」

などとはいわない。ほんとはちょっと古びた感じのするくらいの言葉が、つかいどきなのではあるまいか。

時分の花の魅力

ある有名作家の小説作法に、

「流行語はできるかぎり使わないこと」

と、いうのがあった。新しいものほど腐りやすいからだ、というのである。なるほど、とうなずきながら、それでも逆の考えもないではなかった。すぐに腐ってしまうからこそ、うんと時代がたってみるとおもしろいのだ。五年で古くなる部分は、五十年たつと新鮮に感じられることがある。

永久に腐らない表現ばかりを注意ぶかく集めて小説を書いたならば、いま現在、読んでも、あまりおもしろくないのではないか。

世阿弥《ぜあみ》は『風姿花伝《ふうしかでん》』のなかで、

「時分《じぶん》の花」

という表現で若い芸を批判したといわれる。美少年の舞い姿は、それだけでため息がでるほど魅力的だが、それは一時的なおもしろさであって、真《まこと》の花、本物の芸の力ではない、というのだ。

老いてなお艶《つや》やかな至芸《しげい》を求めて修業せよ、という教えだろうが、私には世阿弥の歯ぎしりがきこえるような気がしないでもない。

老いてなお若々しく、艶やかな芸は偉大である。しかし、私がもし室町時代の能楽の大スポンサーであったなら、どちらを観たいと思うか。

究《きわ》められた至芸は、ながく鑑賞することができる。しかし、たとえつたなくとも、十代の少年の芸は一瞬のものである。時分の花に惹《ひ》かれるときも、あるのかも。

時代風俗の貴重な証言

泉鏡花《いずみきょうか》の『歌行燈《うたあんどん》』を文庫で読んで、かなり無理なストーリーの展開だと思ったことがあった。解説で久保田万太郎《くぼたまんたろう》が大絶讃しているのに、いささか白《しら》ける気分があったのも事実である。

それでも最後までぐいぐい引きこまれて読んでしまったのは、細密きわまりない風俗描写の力だろう。こんな日本の風俗があったんだなあ、と、しみじみと痛感したのだ。

歴史資料や博物館に、モノは保存することができる。しかし、その時代の空気というか、生きた雰囲気は小説でしか伝えることができないのではあるまいか。

鏡花の本の装幀《そうてい》や、芝居の舞台美術で腕をふるったのは、小村雪岱《こむらせったい》というアーチストだった。

この人の絵を見ていると、たちまちにして過ぎてゆく時代風俗の貴重な証言、という気がする。

この国には、こんな魅力的な風景もあったのだ、と、思わずため息をついてしまうのだ。

小説家になる前に、金沢に住んでいたころ、古い『改造』という雑誌を山ほど買いこんできて、日がな一日、それを読んで過ごしたことがあった。

時間はたっぷりあって、金はほとんどなかった時期である。その大正から昭和にかけての古雑誌は、じつにおもしろかった。「時分の花」の魅力というものも、たしかにあるのである。

靴と鞄のスタンダード

「ちょっと売行きが落ちてきたな、というときには、イヌかネコの特集をやるんです」

と、ある雑誌の編集長が苦笑しながら言っていた。

イヌ、ネコの威力おそるべし。最近では文芸雑誌の新聞広告よりも、ペット雑誌の広告のほうが大きかったりする。

男の雑誌では、靴《くつ》と鞄《かばん》の特集が抜群のご利益があるという。

靴と鞄か。

男性諸君の三種の神器といえば、それに時計をくわえたトリオだろうか。

クールビズとかでネクタイを追放しても、靴をサンダルにかえるわけにはいかない。ウォームビズで厚着をしても、鞄は手離せない。

かく言う私自身も、靴と鞄については、ずっとこだわり続けてきた。雑誌で靴と鞄の特集があれば、パブロフの犬のように反射的に買ってしまう。

最近なんだか妙に高い靴に人気が集っているようだ。ワイシャツからスーツへ、そして靴の誂《あつら》えが、若い人のあいだにも流行っているらしい。

超一流のブランドだと、外国から職人が来日して採寸し、完成までに三ヵ月から半年もかかるという。

価格表を見ておどろいた。なんと最上級の誂えの靴だと、五十万円以上するのだ。そこそこの誂えで、二、三十万円というのが常識らしい。

誂え、などという古風な表現はせずに、ビスポークなどと言う。

靴磨きに凝るグループもいる。もちろん磨くのは自分の愛靴である。戦後は、ガード下の靴磨き、などと生きんがための商売であったが、いまは趣味の世界である。

そういう人たちが同好の士とあい集って、一流ホテルで磨きの奥儀をきわめる会を開いたりしているのだから大変な世の中だ。そこでは靴をシャンパンで磨く技なども披露されたりするという。

そういう席には、靴は履いてくるのではなく、何万円もするシュー・ボックスに収めて持参するのが常識とか。

私も靴好きでは年季の入っているほうだと思うが、そこまではちょっとついていけない気もする。

石鹼も牛乳も文化である

以前、出版物の再販問題というのがあって、いろいろ論議されたことがあった。そのとき文芸家協会の偉い人が、本は文化なのだ、と、さかんに力説しておられた。

「本は文化である。石鹼《せっけん》や牛乳なんかとはちがう」

私も本は文化だと思う。しかし、その発言を耳にしたとき、なんとなく、ん？という感じがしたことをおぼえている。

ひょっとしたら石鹼や牛乳のほうが、人類の歴史の上では先輩かもしれない。

歴史もあれば、物語もある。

ブッダは苦行の果てに林を出て、村の娘から乳粥《ちちがゆ》の接待を受けたあと瞑想《めいそう》にはいったという。

本が文化なら、石鹼も牛乳も文化だろう、というのが私の受けとりかただった。

それとはちがうが、靴も鞄も一つの文化である、と私は思っている。だから愛着もあり、尊敬もするのだが、しょせん人間あっての道具だろう。こだわりは大事、しかし行きすぎは滑稽《こっけい》になる。もっとも、自虐的に滑稽さを追求するのだよ、と言われれば、それはご立派というしかないのだが。

残念なことに、私の足は典型的な原日本人の足型である。下駄や草履《ぞうり》には向いているが、西欧の靴には合わない。

しっくりくる靴を誂えればいいじゃないか、と言われそうだが、これがなかなかなのである。

革というものは、使っているうちに最初とは変ってくるものだ。だから最初のうちは、きついぐらいにタイトに履く。それがやがて足になじんでぴったりしてくる。最初からちょうどいい具合では、やがてゆるめの靴になるだろう。

しかし、一足の靴を何年もかけて自分の足になじませて育てるのが靴の王道だとしても、私は痛い靴を我慢して履き続けるのがいやなのだ。

人生というものは、それほど長くはないものなのである。

西洋の靴と日本人の足

二十代に無理して買った靴が何足あるだろう。四、五足ではすむまい。履いてみると、どこかしっくりこない。半世紀もたてば人間の足も変ってくるものらしい。

その点、下駄や草鞋《わらじ》は自由なものである。長もちこそしないが、どんな足にでも合わないということがない。

しかし、明治のころ、私たち日本人は西欧文明のスタイルでいくことを選んだ。洋服に下駄や草鞋は、やはり無理である。これからも日本人は靴とともに生きていかざるをえないだろう。

あとは、外国の高級ブランド靴とは違った日本人の靴を創りだすことではあるまいか。高温多湿のこの風土のなかで、しかも脱いだり履いたりをくり返す生活のなかで、間然するところのない靴を創りだしてこそ、「靴は文化だ」と胸をはって言えるのだ。

鞄も同じことである。私は今も月に一箇ずつくらい鞄を買う。買っても買っても、完全に満足する鞄に出会わないからだ。

「それこそ自分流の鞄を誂えればいいじゃないですか」

と、若い編集者が言う。しかし、私が鞄を文化だと考えるのは、それが世の中にただ一つの品物でないからである。数多く流通して、しかも万人に愛されるスタンダードをこそ、文化というものだと私は思っているのだ。

時が流れる自分も変る

三島《みしま》へいった帰りに新幹線の駅の売店で、三箇三百円のイナリ寿司を買った。旅にでると必ずイナリを買う。なにか条件反射みたいなものかもしれない。そのイナリ寿司には、細かいワサビの粒々がはいっていて、これがなかなか旨かった。

御当地の名物とか、弁当とかいうものは、どこか味気ないところがあるものだ。むかしから有名で、いまもその味と趣きを維持している品は、それほど多くない。長野へいった帰りの新幹線の車中で、釜飯《かまめし》弁当を買った。値段も手頃で、中身も味も、ほとんど六十年前と同じである。

一九五〇年代、私が大学生のころ、金沢へいくには列車はいったん直江津《なおえつ》へでて、そこから逆もどりして北陸本線を走ったものだった。

その直江津へ行く途中、横川《よこかわ》とか、熊ノ平《くまだいら》あたりで、停車中に駅のホームで釜飯弁当を買う。これが習慣みたいになっていて、帰りも同じ弁当を買うことになる。

やきものの容器を、捨てずに持って帰る乗客が大半だった。私も必ず空《から》の釜を大事そうに抱えて、東京の下宿まで持ち帰った。

これといった特別な役に立ったわけではない。ただ、なんとなく置いていくのはもったいない気がするところが憎い。下宿の押入れには、そんな釜がいくつもゴロゴロしていたものだった。

当時の面影を残している旅の味覚としては、富山の鱒《ます》寿司がある。これも姿かたち、味、ともにほとんど往時《おうじ》のままである。半世紀以上もむかしの風情を保つということは、大変なことだと思う。

最近、東京をはじめ、日本全国、各地の街の姿の変りようは、ただただ呆れるばかりだ。

一、二ヵ月も足を運ばずにいると、まるでよその街のように変ってしまう。

これほど時々刻々と変化する街の姿は、エネルギーの反映だろうか。それとも持続する力の欠如なのだろうか。

変りながらも大事なところはちゃんと残している京都のしたたかさのほうにエ

ネルギーを感じるのは、私だけだろうか。ひょっとすると変らないことのほうが、強い生命力を必要とするのかもしれない。

死語となった「感傷」

若いころからずっと通っていた店が消えていくのは、なんとなく淋《さび》しいものである。

いろんな理由で、古い店が消えていく。人も変る。それが世のならいとはわかっていても、やはり淋しい。

最近、どんどん消えていくのは、街の本屋さんと喫茶店だ。カフェが増えていく一方で、古い喫茶店は次第になくなっていく。

その点、ヨーロッパでは、むかしの店が平然と残っているのが凄《すご》い。ロシアなどにも、帝政時代からのカフェが続いていたりしてびっくりする。

そうなると、やはり京都だ。私が大学生だったころに、ときたま顔をだした店がほとんど残っている。

ロシア革命以前、どころの話ではあるまい。関ヶ原の戦以前からの老舗《しにせ》がいくらでもあるのが京都だという。

そんな京都に、京都タワーや前衛的な京都駅があるところもおもしろい。本当に変った街だなあ、と、京都駅の構内から空高く続く天井を見あげて思うのである。

何十年か前に、新聞の連載小説のなかで、博多の街の姿を固有名詞を列記して描写した。東中洲《ひがしなかす》の川べりから、対岸の眺めをドキュメントふうに書いてみたのだ。

たぶん何十年か先には、そのあたりの風景は一変しているのではないか、とひそかに思ったからである。

いま、その場所から対岸を眺めると、私が予想したよりもはるかに変ってしまっている。年月は流れる。変ったものは帰ってはこない。眺めている自分自身が、いちばん変ってしまっているのだから。

そのことを淋しいと思うのは、人の感傷である。私はその感傷という表現さえ、いまは死語になりつつあるのを感じる。

感傷。

なんという情緒のある言葉だったことか。

変るものにも興趣

先日、ある人がデパートの店員さんに、

「公衆電話はどこにありますか」

と、たずねたら、

「コーシュー？　え？」

と、しばらく理解できない表情だったという。たしかに、あらためて口のなかで「公衆電話」という言葉をくり返してみると、奇妙な感じがしなくもない。

携帯電話万能の時代に、公衆電話という言葉も、ほとんど死語と化しつつあるようだ。街なかで公衆電話のボックスをみつけると、

「やあ、がんばってるなあ」

と、声をかけたくなる気持ちがある。

こうして世の中は変っていく。いまはパスタの一種とされているスパゲティなども、何十年か前は珍らしいごちそうだった。スパゲティ・ライスというのは、スパゲティをおかずに、ご飯を食べるメニューである。トマトケチャップであえた赤いスパゲティが、かなりお洒落《しゃれ》な食べものだった時代だ。

変りゆく時代に、変らないものに出会うと、ほっとする。しかし、移り変っていくさまざまな光景にも、興趣はつきない。かつての自分に、それほどこだわっているわけではなく、車窓から眺める風景を楽しんでいるような一面もある。世間ばかりでなく、自分もまた日一日と変っていくからだ。

日暮れて道なおはるか

渡辺京二《わたなべきょうじ》さんの『細部にやどる夢——私と西洋文学——』(石風社《せきふうしゃ》刊)という
本を読んだ。
最近、手にとった本のなかでは、とびきりおもしろく読んだエッセイ集である。
本のオビに、こう書いてある。
「少年の日々
退屈極まりなかった
世界文学の
名作古典が
なぜ
今、読めるのか」
これだ、と思った。
これこそ私が日々考えあぐねていることではなかったか。しかも、私はまだ

「なぜ今、読めるのか」という域にまで達してはいない。

少年の日々、大学生の日々、ただひたすら努力して長編を読んだ。『戦争と平和』だったり『カラマーゾフの兄弟』だったり。

正直なところ、ぜんぜんおもしろいとは思わなかった。しかし、これを読んでおかなければダメなのだ、という強迫観念から必死でページをめくっていた。きっといつかはすらすら「読める」日がくるにちがいない、と思いつつ我慢して読んでいたのである。

そして、「今」。

はたして世界の名作古典は、おもしろく読める時がきたのかどうか。

この本のなかの「古典と成熟」という章で、著者はこう書いている。

〈もちろん読み残したのは、読みかかってはみたが退屈で放りだしたというケースが多い。そういう若き日の敗退の記念碑に、何十年ぶりに再会してみると、今度は楽々と、あるいはわくわくと読めてしまって、若い頃どうしてこれが退屈だったのだろうと、面妖な気分にすらなる。

老いこんで、感受性は摩滅し精力は衰え、しかも名作だからといってありがたがる殊勝さなどとっくに失っているのに、どうしてこんなにすらすら読めるのか。

〈後略〉〉


そんな例として、ディケンズの作品があげられている。

そうか。渡辺さんのような読書家にしても「若き日の敗退の記念碑」などという思い出があるのか。よし、それなら私もすでに棺桶《かんおけ》に片足つっこんでいる年なのだ、きっとディケンズだろうが、なんだろうがすらすら面白く読めるだろう。

勇気づけられて、書店でディケンズの文庫を何冊も買ってきた。早速、読みはじめた。ところが――。

どういうわけか、これが「すらすら」どころか、いっこうに前に進まないのである。

たぶんこの作品が肌に合わないのかもしれないと、べつな長編を読んでみる。しかし、どうしても「巻をおくあたわず」というふうにはならない。

あらためて渡辺さんの文章を読み返してみて、なるほど、と深く反省するところがあった。

渡辺さんは書いている。

〈（前略）そのディケンズがおもしろくなったのは、自分の一生に展望がついて、夢は具体的で平凡な事実に宿るしかない、そういう細部に輝き出る夢こそ語るに値すると覚悟したからだろうか。（後略）〉

なるほど。

この年になっても、私はまだ自分の一生に展望がついていていないないのだ。しかも、具体的で平凡な事実の重さもつかめてはいない。問題はディケンズの側にではなく、こちらにあったと痛感したのだった。

しかし、それだけではない。もうひとつ大事なことがありそうだ、と渡辺さんはつけ加えている。

つまり、その手の本格的な古典をほんとうに味わうには、ある程度の知識と人間についての想像力が必要である、ということだ。

たしかにそのとおりだと思う。ただ年をとっただけで、若いころ退屈した作品をおもしろく読めるはずがないではないか。

年は十分にとったが、私は自分の人生についての展望など、ほとんどできていない。しかも、これまでにコセコセたくわえてきた知識など、片っぱしから忘れ去ってしまう有様なのである。

古典の前でわれわれはおのれの成熟を問われるのだ、という渡辺さんの言葉に共感する。

ディケンズについては、この『細部にやどる夢』のなかでは、くり返し触れてある。


「通俗作家ディケンズ？」

「ディケンズ『我らが共通の友』」

「ディケンズ『リトル・ドリット』」

「ディケンズ『荒涼館』」

「ディケンズ『大いなる遺産』」


など、どれもおもしろく読んだ。もう何十年も昔になるが、中野好夫《なかのよしお》さんにディケンズのことをいろいろうかがったことがある。ディケンズとコンラッドのことを、熱心に話してくださったのだが、ネコに小判みたいな話で、中野さんもさぞ張合いがなかったことだろう。

中野好夫さんのことを、ふと思いだしたのは、私にディケンズやコンラッドの

話を熱心にしてくれたあと、ひょいとたちあがって、

「じゃ、ぼくはこれから日比谷《ひびや》のデモにいくから失礼するよ」

と、いって去っていかれたことである。それが一体なんのデモだったのか、私にはわからない。しかし、妙にそのことが記憶に残っているのだ。

故人の思い出話になるが、以前の平凡社の一室で、林達夫《はやしたつお》さんに小説の話をうかがったことがあった。

「偉大な古典的小説というのはね、みんな挿し絵がついていたものだよ」

と、いわれて、帰りがけにメルビルとか、ドストエフスキーとか、何冊か挿し絵入りの本を頂戴《ちょうだい》したことがあった。

「この国では挿し絵入りの小説は通俗小説ときめこんでいるようだが、それはちがう」

とも、おっしゃっていた。

この本の中でも河盛好蔵《かわもりよしぞう》さんの『フランス文壇史』を、渡辺さんは推薦されているが、河盛さんは、

「フランス文学のいいところは『良き通俗の伝統』というものを大事にするとこ

ろです」

と、いっておられた。フランスで一般の人に文豪の名をたずねると、ユゴー、デュマ、ゾラ、と三人の名をあげるだろう、というのである。

偉大な古典には、挿し絵入りのものが多い、という説にはうなずかせられるところがある。

この『細部にやどる夢』一巻のなかで、もっとも心にしみたのは、「甲斐先生とオーウェル」という一章だった。まだ読んだことがないのだが、古本で探して早速、読んでみようと思った。

若い頃、国際ペンクラブの支部である日本ペンの仕事を手伝っていたことがある。スペインペンとは別に、カタラン・ペンというのが突然登場したのが、フランコ政権退場のあとだった。一九三六年に消滅したと思われていたカタ・ペンは、ずっと地下にもぐって生き続けていたのだ。

「トゥルゲーネフ今昔」の章も、後述するがおもしろかった。ほとんど今では読まれなくなっている作家だが、いつかブーニンとともに読み返してみたいと思う。

『細部にやどる夢』のなかに、「書物という宇宙」という一章がある。

少年時代の読書の思い出などを、肩のこらない語り口調の文体でつづったものだ。

渡辺さんは一九三〇年（昭五）の生まれらしいから、私より二歳年長である。しかし、俗にいう昭和ヒトケタ派だから、記憶の重なる部分がいくつもあって懐しかった。

その中に平田晋策《ひらたしんさく》の名前がでてくる。南洋一郎《みなみよういちろう》、山中峯太郎《やまなかみねたろう》などとならんで、当時の少年たちを熱狂させた作家である。『新戦艦高千穂』は私も夢中になって読んだものだった。

またご多分にもれず、少年時代の渡辺さんも航空ファンだったらしい。ユンカースJu87や、メッサーシュミットの名前が登場してくるところで、思わず笑ってしまった。

私はダイムラー・ベンツのエンジンをつんだメッサーBf109よりも、BMWのエンジンをつかったフォッケウルフFw190のほうがうんと好きだったのだ。

世を挙げてのゼロ戦ブームもあったが、当時の国民学校生徒だった私は、一式戦闘機「隼《はやぶさ》」、そして三式戦「飛燕《ひえん》」などのほうにはるかに興味があったものだった。

しかし、そんな渡辺少年の読書の半分は、『世界名作物語』のシリーズや、『宝島』『ロビンソン・クルーソー』『アンクルトムの小屋』『家なき子』『三銃士』『レ・ミゼラブル』などなど、本格的な小説が占めていたらしい。

〈みんな夢中になって、こんな面白いものが世の中にあるのかと感じ入りました〉

というのである。やがて中学生になると、徳富蘆花《とくとみろか》から『戦争と平和』、岩波文庫、新潮文庫と濫読の時代がはじまったらしい。

ところでその頃、私自身はいったいどんな本を読んでいたのだろう。どう考えても一貫性のない雑多な書名しか頭にうかんでこないのは困ったものだ。

友達からは佐々木邦《ささきくに》の『苦心の学友』を借りて読み、父親の本棚からは岡田式静座法や平田篤胤《ひらたあつたね》、母親の本棚からはパール・バックや林芙美子《はやしふみこ》、といったふうでとにかく活字でありさえすれば読む、というメチャクチャな時代だった。

私の父親は、いわゆる下層インテリの典型的な学校教師だったが、詩吟と浪曲に関してだけは一家言《いっかげん》ある人だったと思う。

さて、この本の中での、「トゥルゲーネフ今昔」という章である。

戦前ひろく読まれていて、今日では見向きもされなくなった作家、というのがトゥルゲーネフについての前書きである。

たしかにそうかもしれない。私自身、この『細部にやどる夢』のページをめくって、本当にひさしぶりでトゥルゲーネフの名前を思いだしたくらいだ。

しかし、このトゥルゲーネフについて書かれた文章を読むと、どうしても彼の作品を読みたくなってくる。

『ルージン』や、『父と子』や、『春の水』や、『猟人日記』などを、古本屋で買ってきて読もうと思わずにはいられないのだ。

と、いって、実際にトゥルゲーネフを読んで、この文章にまさる感激をあじわえるものだろうか。

古典、というものは本当にあるのだろうか、と、ときどき不逞《ふてい》なことを思うときがある。

たとえば平安期末に熱病のように流行した歌謡として「今様《いまよう》」というものがあ

った。

「遊びをせんとや生まれけむ――」

をはじめとして、無数の「いまどき」「いま風」の歌がうたわれ、そして消えていった。

いまそのほんの一部が『梁塵秘抄《りょうじんひしょう》』によって伝えられているだけだが、私たちはそれを活字によって「読む」だけの体験しかもちえない。

本来、「今様」も「万葉集」も、声にだしてうたわれた歌であって、文字資料ではない。「今様」がどんなメロディーでうたわれたにせよ、私たちは印刷物のなかにそれの残骸《ざんがい》を読むだけのことでしかない。後白河院《ごしらかわいん》が日ごと夜ごとうたい続けて「喉を破った」という歌は、そこにはきくことができないのだ。

「わが子は二十《はたち》になりぬらん　博打《ばくち》してこそ歩くなれ――」

という母親の歌声を、私たちは耳にすることができない。自分で声にだして歌うこともない。

「プーシキンのものなどは残らず暗記していた」

というナターリャは、ロシア詩のまともな受け手なのだ。「詩は歌うべし　読むべからず」というのが、かつてブブノヴァ先生からきびしく教えられた理解だった。

フェートも、チュッチェフも、レールモントフも、すべて暗誦《あんしょう》でしかありえない。古典もまたそうではないか、と、考えさせられた『細部にやどる夢』という一冊だった。

3

第二部　健康と日常

日常の意外な忘れもの

八十年以上も生きてきて、いまごろになって気づくことがある。

どうしてこれまで誰も教えてくれなかったんだろうと、ぶつぶつ言ったりするのだが、これはお門違いというものだろう。気づかずにきた自分が悪いのである。

つい先ごろも「鬱《うつ》」という字を辞書でたしかめていて、その字の意味するところを知り、びっくりした。こんなことは常識かもしれないが、やはり人には盲点というものがあるものだ。

「鬱」という字は、「鬱病」「躁鬱」などとマイナスの意味で使われることが多い。そのため、つい気持ちが沈んだ状態や、エネルギーが低下した様子を想像しがちである。「鬱々として日を過ごす」などと言う。「沈鬱な表情で」などとも書く。

ところが簡単な辞書を引くと、まず①として、「草木が勢いよく茂るさま」「物事の盛んなる状態」といったような説明が出てくる。「気のふさぐこと」というのは第二義である。

なるほど。そういえば「鬱勃《うつぼつ》たる野心」という表現もあるし、「鬱然《うつぜん》たる大家」などとも言う。

しかし、よく考えてみると、またちがったイメージもわいてくる。盛んに生い茂った草木も、冬がくれば枯野となるし、どんなに勢いよく栄えたものでも、やがて衰えるときがくるのは必定《ひつじょう》なのだ。盛んなる鬱の背後には、「悒《ゆう》」の気配も同時に感じられるところがおもしろい。

そう考えると、いわゆる「うつ病」などというものも、ただ単に心が萎《な》えて、無気力状態におちいっているだけではないのかもしれない。かえってあふれるエネルギーが何らかの理由で抑制されて、そのために沈んで見えるだけなのではあるまいか。

周囲を見回すと、そんなふうに何気なく見すごしているもので、たしかめてみると、あれ？　と驚くようなことも少くないのである。

風邪や腰痛に現代医療はお手上げ

私の知人のお嬢さんで、この数年間ずっと咳《せき》が止まらずに悩んでいる娘さんがいた。

咳といっても、大した咳ではない。喘息《ぜんそく》や気管支の異常もなく、コンコンといった可愛いくらいの咳である。ちょっとうつむき加減で控えめに手をあてて、申し訳なさそうに咳こむ様子は、ある種の風情《ふぜい》もあって悪くない眺めであったが、ご当人の苦痛は相当なものだったらしい。

体験のあるかたなら、おわかりだろう。咳を抑えようとする。抑えきれずに咳こむ。何度も連続して出てくる。そんなときの苦しさはなんとも言いようがないものなのだ。

先日、定例の秋の風邪をひいた。春と秋と二度は必ず風邪をひくことにしているのだが、こんどの風邪は喉《のど》風邪で、しきりに咳が出る。

夜、寝るときに咳が出はじめると、もう止まらない。昼間、大事な席でゴホンゴホンとやるのも、じつに気がねなものだった。自分も苦しいのだが、周囲への気がねが相当なプレッシャーなのだ。

咳というものが、これほど辛《つら》いものであるかと、しみじみ感じた一週間だった。ようやく風邪が去ったあとで、そのお嬢さんと顔をあわせる機会があった。あいかわらず眉をひそめて、コンコンと咳が続いている。

話をきいてみると、西洋医学も漢方も、また各種の代替療法も、すべてつくせるだけの手はつくしたとのこと。精密検査も行ったが、これといった異常は見当たらない。

「数値的にはどこも異常はないですね」

と医師は断言したらしい。

「検査の結果は申し分ないです」

どこも異常がないと言われても困ってしまうのだ。私の周囲にもそういう人が少くない。具合が悪くて、それを訴えてもけげんな顔をされるだけ、という例をいやというくらい耳にしている。

「異常がないったって、現にこうして苦しんでいるんですけど」

「そうですか。困りましたね」

困るのは患者さんのほうだ。しかし現代の医療は往々にして人間をみずに病気だけをみようとする。検査の前に、患者さんの顔色や、姿勢や、声の調子に気をくばるくらいの、人間的診断はできないものだろうか。

現代の医療は、内視鏡で胃の全摘をやるほどの高級な技術を駆使しながら、一方で風邪や腰痛などのごく普通の病気すら簡単には対処できないのだから呆《あき》れる。

検査の結果が全く悪くない場合、あくまでこちらが体調の悪さを訴え続けると、どうなるか。

「心因性のものかもしれませんね。心療内科をご紹介しましょう」

などとサラリと責任回避されてしまうケースも少くない。

ある女性は、どこも悪くないと言い張る医師に、あくまで体調の不良を訴えたところ、

「うつ病の疑いがある」

と言われたそうだ。

くだんのお嬢さんの咳もそうである。すべての診断をつくして、そのあげくに

原因不明ということになったらしい。

「アレルギーか、ストレスによるものではないのかな」

と、最後に言われたという。では、そのアレルギーやストレスにどう対処するかときいても、

「それは私どもの科では――」

と、いうことになる。

こういった原因不明の体調の不良は、多かれ少なかれ、誰しも体験なさったことがあるのではないか。

食物は口から、呼吸は鼻から

仕方がないので、ハリとか灸《きゅう》とか整体とか、ロイヤルゼリーやプロポリス、その他いろんな民間療法をためすことになる。ヨガや、乾布摩擦や、転地療法など、あらゆる治療をためしてみたが、咳はいっこうに止まらない。

仕事でそのお嬢さんとお目にかかったとき、

「咳、続いてますね」

「はい。もう一生なおらないと覚悟をきめました」

「でも、苦しいでしょう」

「ええ。ほかの人にはわからないでしょうが、一日中ずっと咳こんでいるというのは、まるで地獄みたいな——」

「ウガイなどはなさっているんでしょうね」

「もちろん。喉を冷やさないように首を温めて寝たり、できることはすべてやりました」

「失礼ですが——」

「はい」

ふと気づいたのは、そのお嬢さんの息のしかたである。

「息を吸うとき、どこで吸ってます？」

「どこで、って、口で」

「吐くときは？」

ちょっと呼吸をためしたあと、

「やはり口からですね」

と、けげんそうにおっしゃった。

「ずっとそうなさってこられたんですか？」

「たぶん。ふだん息をするとき、いちいち意識しないでやってますし」

私はこのときほど驚いたことはなかった。

「口は食べ物を食べるところで、息をする場所ではありません」

「はあ？」

「鼻が息をするところです。口で息をするのは、鼻から食物をいれるのと同じです。口を呼吸に使うのをおやめなさい。息は吸うほうも吐くほうも、鼻だけ使うように」

「えー？」

それでこんこんと私流の呼吸法について説明してさしあげた。

私たちが吸いこむ外気は、はなはだしく汚染されていること。ディーゼルエンジンの排気だけでなく、あらゆる不純物が混入していて、口から空気を吸いこむのは、直接に喉の粘膜《ねんまく》や呼吸器に汚染物資を塗りたくるようなものであること。

鼻孔には鼻毛のフィルターや、ハエ取り紙のような粘膜もあって、かなりの程度、汚れた空気を濾過《ろか》する働きがあること。乾いた外気に湿度と温度をあたえるのも、鼻呼吸の長所であること。

汚れた物質を気管や肺に口からダイレクトに送りこめば、当然のことながらそれを排出しようとする生体反応がおこり、咳となってあらわれること。

など、など、素人の意見であるが誠意をもって説明した。

「でも、これまで鼻で息したことって、ないものですから」

「一度も?」

「子供のときからずっとです」

ためしてもらうと、じつにやりにくそうである。それはそうだろう。口にくらべると鼻の穴は、はるかに小さいのだから。

それでも十分ほど、唇《くちびる》をご本人の指でつまんで開かないようにし、鼻だけの呼吸をやってもらっているうちに、じつに不思議なことがおこった。

あれほど手をつくし、人脈を駆使して名医にみてもらってなおらなかった咳が、ぴたりと出なくなったのである。

ご本人もキツネに鼻をつままれたようにキョトンとなさっている。

「二年も苦しんでられたんですよね」

「いえ、三年です。この先、一生ずっとこの咳は止まらないと覚悟してました」

大事な席でずっと咳が出っぱなしでは、話がうまくまとまるはずもないと、降るようなお見合いの話もすべて断わって、この数年をすごされていたらしい。

口は物を食べるところ。

鼻は息をするところ。

誰もが当り前のように考えながら、実際にはちゃんと守られていないのが、意外にも呼吸の基本である。

プロ野球のエースといわれる有名選手でも、テレビの画面を見ていると、口で呼吸している人がいる。一時的には好成績をあげられても、はたして長く持続できるだろうか、と考える。もし、ちゃんと呼吸するように心がければ、現在の倍もいい記録が残せそうだ。

日々の小さな「気づき《サティ》」の効用

鼻で息をするのと同じように、大事なことで忘れられないのが、

「腰を曲げない」

と、いうことだ。腰は曲げてはいけない。

「腰は折る」

曲げると折るのちがいは大きい。腰を曲げるときは、膝《ひざ》がまっすぐに突っぱっているることが多い。背中も丸まっている。

「膝は曲げるためにある」

膝をゆるめて、背中をのばし、腰を折ることが大切だ。下に落ちた物を拾うときも、目上の人に頭をさげるときも、腰を曲げずに、折ることを意識する。

この「意識する」「心がける」「気持ちを集中しながら」、ということが、なによりも大事なことなのだ。インドの古い言葉では、それを「サティ」という。

「教え」と訳されることもあり、「経」と訳されることもある。

とりあえずワッハッハッハと笑ったあと、そのまま開いた口から息を吸わない。いったん口を閉じて、鼻から吸い、鼻から出すことに意識を集中することだ。日々の小さな「気づき」（サティ）のつみかさねが、私たちの心と体を支えているのだから。

「これ一つ」ではダメなのだ

世の中には、

「これ一つで十分」

と、いうような言い方が結構あるものだ。

たとえば、

「玄米さえ食べていれば――」

とか、

「背骨の歪《ゆが》みをまっすぐに直すことで万病が治る」

だとか、

「ありがとう、の言葉さえ忘れなければ、すべてうまくいく」

とか、これ一つを大事にすれば何もかも解決するような話が少くない。

私は、これは怪しい、と思っている。世の中というものは、そんなに簡単ではない。人間も、すこぶる複雑にできている。何十、いや、何百何千もの要素が入り組んで因果関係を織りなしているのだから、「これ一つ」で何もかもがうまくいくわけがない。

民間療法などで、

「これ一つをやれば大丈夫」

というような事を平然と言う人は、疑ってかかるべきだろう。

私たちの国では、古来、一筋の道、とか、一事を極《きわ》める、というモノラルな姿勢が尊重されてきた。

「二君《じくん》につかえず」

と、いった言葉もあった。

「二兎《にと》を追わず」

ともいう。

とかく物事をシンプルに考えることが美徳だったのである。

「中道《ちゅうどう》」

などという言葉も、誤解されやすい考えかたである。

中道とは、右と左の、ちょうど中間ということではない。左右の距離を計って、ちょうどその二分の一の場所のことでもない。両者をそれぞれ折衷《せっちゅう》して、どちらの要素も少しずつとり入れる、という折衷主義でもない。

右へぶれ、左へぶれしながらも、最終の針路は一定である、といった進みかたが中道だ。いうなればスイングする生き方、とでもいおうか。

世の中のことは複雑である。そのすべてに目配りをすることは容易ではない。右顧左眄《うこさべん》して、どれも中途半端になるというのも困る。むしろ一つに集中して徹底するほうがいい、という意見もわからぬではない。しかし、やはり「これ一つ」という考え方には賛成できないのである。

なぜ予測が当らないか

かつてあった「納豆騒ぎ」というのも、やはり「これ一つ」の例である。納豆が体にいいことは、すでに常識である。しかし、納豆さえ食べていればスリムな体型が保てるかといえば、それは無理だろう。

メタボリック・シンドロームなどと、人をおどすような表現が流行《はや》ると、誰もが痩《や》せようとする。細ければ健康か、といえば、そうとは限らないのが、現実の複雑さだ。

スリムで病弱な人もいる。肥《ふと》っていて体調がいい人もいる。野菜が体に合う人もおり、肉食に向いている人もなかにはいる。

私の知人に、一日三食、ケーキだけしか食べない中年婦人がいらした。その後、すこぶる健康で古希をむかえられたと聞く。

毎日、三時間しか眠らない、まるでナポレオンの逸話を地でいくような男性がいた。それはそれで、ご本人には向いた生活なのかもしれない。

世の中のことは、本当はなに一つ確実にわかってはいないのだ。現代の医学、栄養学、生理学、心理学など、すべての学問や理論も、人間でいうなら、まだ小学生の域にも達してはいないのではないか。

それを明快に割り切った言い方をするから、おかしくなるのである。

経済の予測や、政治の行方《ゆくえ》など、当るわけがない。大地震や、大物政治家の病気などといった不確定要素を、そこに加えることはできないからである。そんな予測を入れると、学問ではなく占いになってしまうだろう。

しかし、天災も、交通事故も、病気も、確実に存在する。そして現実はそれらの予期せざる出来事に左右されることが少くない。

文芸ジャーナリズムの大ベテラン記者であり、優れた鑑識眼の持主でもある古い友人がいる。自他ともに認める文壇通である。

この人の直木賞の事前予想が、なぜか当ったためしがない。各選考委員の好みまで計算しつくした予想が、ことごとく外れるのだ。「授賞作ナシ」なども、見事に外していたことがある。世の中とは、そういうものなのである。

自分の責任でさがす

要するに、

「これ一つ」

ではダメなのだ。といって、できるだけ多くの視点からものを見る、というのにも限りがある。では、どうするか。

せめて二つの立場から考えてみる、というぐらいが精一杯だろう。西洋医学も尊重するが、東洋医学も決しておろそかにしない。理論も馬鹿にせず、経験からくる直感も大事にする、といった月並みな姿勢だ。これが実際には、なかなか難しい。まして安易に両者を折衷せず、中道という第三の道を探すとなれば、なおさらである。

それでも私たちは、「これ一つ」というわかりやすい考え方に走るべきではないだろう。

私たちが「これ一つ」に心を惹《ひ》かれるのは、心身が疲れているときに多い。つい気弱《きよわ》になってしまうと、断定的な簡単明快な言い方にすがりたくなるのが人間である。

牛乳は体に良いか、悪いか。良い牛乳もあれば、悪い牛乳もある。牛乳に向いた体もあれば、体質的に合わない人もいる。それを見つけるのは、当人の責任だ。

世の中のこと、「これ一つ」ではダメなのだ、と覚悟するしかないのである。

スポーツ・ジムに通えずに

スポーツ・ジムに通いたいと思う。ずっと昔からそう考え続けてきた。パンフレットや雑誌などに、よくモダンなスポーツ・ジムの写真がのっている。いろんな道具がある。親切なインストラクターがいる。個人個人の体型に応じて、専門的なエクササイズの方法を親切丁寧に指導してくれるという。そこに通っている人たちは、なぜかみんな恰好《かっこう》がいい。トレーニングウェアもスマートだし、それよりなにより、体がしまって、すこぶる見た目が良い。どうしてこんな引き緊《しま》った体の持ち主が、スポーツ・ジムに通う必要があるのかと不思議に感じられるほどだ。

私がなぜこの年になってもスポーツ・ジムへの憧《あこが》れをおさえきれないのか。それは自分の体力の衰えを、つくづく自覚させられるからである。メタボリック・シンドロームに相当するかどうかはわからないが、筋力は確実に落ちている。また運動というものを、自覚的にやる機会がない。原稿用紙にペンを走らせる作業など、運動とはとてもいえない仕事だ。

しかし、体調を維持し、老化をおくらせるためには、運動が不可欠だと、どの本にも、どの雑誌にも書いてある。

すこし運動をしなければ、というのが一種の強迫観念のようになってしまった。以前はゴルフの会に定期的に顔をだしていた。仲間の作家や、大先輩と気楽におしゃべりできるのも魅力だった。

しかし、私はずっと昔から夜型人間の暮しを続けている。ゴルフという遊びは、おおむね朝が早い。

午後に起きあがってゴルフがやれるのなら、いまも続いていただろう。

しかし、午前六時に寝て、七時起きというのは無茶である。私はいつも徹夜して眠い目をこすりながらゴルフ場へむかうのが常だった。

そういう運動は、必ずしも体には良くないような気がしてきた。なによりも、体がだるい。ボールが二つに見えたり、ティーショットの順番を待っている間に、うとうとしたりする。そんなわけで、いつしかゴルフとも遠ざかってしまった。

搭乗口へのはるかな道を

知人の中には、ジョギングやウォーキングを習慣のようにやっている人もいる。気功や、テニスをやる人もいる。

しかし、私には運動を持続させる根気というものがない。スポーツ・ジムにいけば——、と思うのはそんなときだ。

親切なインストラクターが、科学的なデータを示し、くじけそうになる連中を、おだてたり、はげましたりしてがんばるように指導してくれるという。

これまで何度となくスポーツ・クラブやジムのパンフレットをとりよせて眺めてみた。いいなあ、と、ため息をつく。しかし、即座に申込みの電話をしないのは、一体なぜだろう。

理由をあれこれ考えてみたが、結局、よくわからない。そういうタチだと納得するしかないと諦《あきら》めた。

しかし、やはり運動は必要である。ではスポーツ・ジムに通わずにできる運動とはなにか。

　そこで考えついたのは、自分の意識を改革することだった。要するに、これまで面倒くさいなあ、とか、イヤイヤやっていたことを、ひとつの運動と考えて進んで積極的にやろうと考えたのである。

　ふり返ってみると、日常生活のなかには、驚くほど体を使う必要があるではないか。それを活用しないで利便性だけを追求している生き方を、改めようと思ったのだ。

　たとえば羽田空港だ。私は年中、旅暮しなので飛行場を利用することがやたらと多い。

　新しい空港は、見てくれこそ美しいが、きわめて不便である。羽田空港など、地方へ飛ぶときなど搭乗口まで延々と歩くチャンスがある。

　これまでは動く歩道などを利用していたが、それを一切やめることにした。重いカバンをさげて、ただひたすら歩く。航空会社は国民をメタボリック・シンドロームから救おうとして、あれほど長い廊下を設計したのではあるまいか。

日本一活気のある街を

週に二回、空港内を歩くとすれば、結構な運動だ。カバンやボストンバッグは、転がしたりせずに手にさげる。肘《ひじ》をやや持ちあげるようにして持つと、良い負荷が腕にかかって具合いがいい。

また、すすんで雑踏の中を急いで歩くことにした。人混みの中を他人にぶつからないように速歩するのは、これまた大変な運動である。体をひねる。急停止する。加速する。横に跳ぶ。

ラッシュアワーの名古屋駅あたりが最適だ。やたらと人がでている。みんな元気良く、群をなして流れている。

名古屋のツインタワーのビルは、どことなく巨乳を連想させるところがあった。その正面に、トヨタの巨大ビルが陽物のごとく屹立《きつりつ》して、すこぶる壮観だ。

その周辺の人、人、人の間を身をひるがえしながら急ぐのは、自覚的にやるとすごい運動である。

あとはゴミ小屋さながらの仕事場の片付けをやめることにした。

爪先でわずかに物のない空間を移動するのは、サーカスに似ている。バランスを失って倒れでもすると、山積みの本、雑誌、資料その他のものが雪崩《なだれ》のごとくくずれかかってくるのだ。こまめにその空間を動きまわるだけで、相当の運動量である。かくしてスポーツ・ジムへの夢は遠ざかるばかり。

わが内なるギックリ腰

ギックリ腰がでた。

あくまででたのであって、ギックリ腰になったのではない。

横になっていても痛む。寝返りをうつのも辛い。起きあがるときなど大変である。

体の異常は、もともと自分の内側にあったものである。外から悪い奴がやってきて、何かを仕掛けているのではない。私はいつのころからか、そう信じるようになった。

体の内側にもともとあったものが、なんらかの理由で出現する。すなわちギックリ腰がでたのであって、なったのではない。

私は以前にも何度かギックリ腰の洗礼をうけていた。『百寺《ひゃくじ》巡礼』という旅の途中だったから、すこぶるあわてた。次に訪れる寺は、長い坂で有名である。テレビの撮影も重なっているので、もう予定の変更もきかない。

ちょうど百寺を巡る旅が、すこししんどい感じになってきたころである。どんなことでもそうだが、大きな計画の最初のほうは疲れを感じない。ある程度すんできたあたりで中《なか》だるみがくる。たぶん、そういう時期だったのだろう。

出発の前夜、ベッドの中で考えた。どんなことがあっても完走しなければ、という気持ちが問題なのではないか。百寺が半分で挫折《ざせつ》しようと、あとわずかという所で終ろうと、それは「わが計《はから》い」ではない。

見えない大きな力（私はそれを勝手に他力《たりき》と呼んでいる）が、おまえ、百寺をちゃんと回れよ、と背中を押してくれたら、きっとうまくいくだろう。

もし、途中で終れば、それも他力のはたらきである。

「そのへんでもういいだろう」

と、天が言っているのだ。自分ひとりの力で何かをやっているような錯覚におちいってやしないか。

そう自問自答しているうちに当日になった。ソロリソロリとベッドからはいでる。スケートをはいたようなあぶなっかしい歩きかたで部屋をでて、新幹線にのった。

座席にすわっているあいだも、下腹に力を入れて上体を直立させたまま、めざす寺へついた。長い坂も、なんとか登る。木立ちのなかの千年の古寺と向きあっているうちに、腰の痛みはいつのまにか消えていた。

直立歩行の代償に

そんな経験があるので、突然ギックリ腰がでても、それほどあわてることがない。

もともと人間はイヌやオオカミのように、四つの脚を使って動いていたのではないか。それが手を有効に使う必要から、後脚で立つようになる。また遠くの様子をうかがうためにも、起《た》ちあがって背のびをしたほうがいい。

気の遠くなるような長い時間をへて、人間はもっぱら直立歩行を習性とした。

これはそもそも無理なスタイルである。頭部の重さを、まともに背骨で支えるのだから。

まして腰骨を支点にして、上体を前に傾《かたむ》けたりすると、テコの原理が働いていない限り大変な荷重が腰にかかってくる。

腰痛やギックリ腰は、人間が立って歩くことを選択したときから、必ず背おわなければならない十字架なのだ。

したがって、腰痛になるのでもなく、ギックリ腰になるのでもない。ふだんなんとかごまかしている内側の無理が、体にあらわれたにすぎない。

そして、その無理とは、身体的な負担だけではなく、心のプレッシャーも大きく影響するのである。

以前のギックリ腰のときは、なにがなんでも二年間で百の寺を訪れなければならない、という精神的な負荷が私の上体をふだんの何倍も重くしていたのだろう。その重さに耐えかねて、体があげた悲鳴と抗議の声が、あの腰の痛みだったはずだ。

安静か、動きつつか?

と、いうわけで、またもやギックリ腰がでた。重い荷物を飛行機の高い荷物の棚に入れるとき、不用意な持ちあげかたをしたのが引金《トリガー》だ。もちろん、それまでの睡眠不足や無理も背景にある。

そして一方では、この年になって若いスタッフと一緒に、世界各地を駆《か》け回ることへの不安があった。体と心の両側に大きなストレスがかかっていたのだ。

これがおさまらなければ、中国への旅は無理だろう。そのときは「他力」の声が、

「今回はいかなくてもいいよ」

と、私に知らせていると考えるしかない。すべては「わが計《はから》いにあらず」、天命の風に吹かれて生きるのが自然である。

念のため、辞書で「ぎっくり腰」の項目を調べてみた。家庭の医学とか、暮らしの医学とか、いろいろでている。

「とにかく安静が第一。そっとして動かずに寝ていれば、二、三日でおさまるケースも多い」

と、一般には書いてあった。これは常識だが、驚いたのは別な新しい辞書の説明だ。

「従来は安静第一といわれていたが、最近の新しい理論では、むしろ動きつつ日常生活を続けながら治すほうがよい、とされる」

おい、おい、どっちなんだよ。

体の言葉に耳を傾ける

思いがけない出来事というのは、しばしばあるものだ。

突然の病いに倒れる、というケースもその一つだろう。

「あの人が――」

と、驚く。

「まさか――」

と、耳を疑うことも多い。

ふだん見るからに健康そうで、本人もそう信じこんでおり、医者嫌い、通院知らずを広言しているような人が倒れたりすると、周囲はみなびっくりする。

有名なスポーツ選手や著名人がそういうことになった場合も、急にわが身をふり返って酒や食べものに気をつかったりすることが多い。禁煙しようか、などと、ふと思ったりするのもそんなときだ。

しかし、それも長くは続かない。二、三日もすぎると、いつのまにか元へもどってしまう。自分の身には何事もおこらないような、なんとなくそんな気がするのはなぜだろうか。

私もそのひとりだ。メタボリック・シンドロームなどという恐ろしげな言葉をきくと、大好きなカツ丼や天ぷらそばなどを焼き魚定食にかえたりする。そして、それも三日と続かない。体に悪くても、やっぱり揚げものは旨《うま》いのだ。まずいものを食べて長生きしても仕方がないじゃないか、などと自分に言い訳をしながら、駅のレストランでカツカレーなどを頼んでしまうのだ。

そもそも私のように外食がほとんどといったライフスタイルでは、体に良い食事などできるわけがない。高級料亭にいったところで、野菜料理はほんの形だけ、あとは体に悪そうな贅沢《ぜいたく》な食材のオンパレードである。

私は学生時代、五十キロ前後の体重しかない痩せっぽちの若者だった。ウエストも六十センチ台で、下腹部もぺしゃんこだった。食うや食わずの貧乏学生で、ときどき製薬会社に自分の血を売りにいって暮していたのだから、それも当然だろう。

いま現在、体重は五十九キロ、ウエストは八十二センチ以上はある。下腹部にも脂肪がついて、靴下をはくときなど窮屈でしかたがない。おまけに身長は二センチちぢんだ。年をとると視力はおとろえるし、身長もちぢむのだ。ろくなことはないのである。

五十歳からが人生の本番

しかし、全体的な体調は？　と考えてみると、ふしぎなことに今のほうが格段にいい。

青年のころは、いつも貧血気味で、突然たちあがったりすると一瞬ふらっとするのが常だった。雨が降る前には、必ず頭痛や吐き気に悩まされたものである。しょっちゅう扁桃腺《へんとうせん》をはらし、熱をだして寝込む。呼吸器がよわく、一時期は肺《はい》気腫《きしゅ》のように、息を吸うことはできても吐くことができず、金魚のように口をパクパクさせて苦しむ時期もあった。下痢や腹痛にも、よく見舞われた。

こうしてみると、人生の第一期、すなわち子供のころから青年時代までの自分は、ほんとうに虚弱な体質だったと思う。

人生の第二期、すなわち二十代の半ばから五十歳にかけての時期も、楽ではなかった。貧乏からはなんとか抜けだせたが、こんどは仕事がきつかった。一晩や二晩の徹夜は当り前で、七十二時間ぶっとおしで原稿を書いたこともある。しかも、その狭間をぬって麻雀《マージャン》をやったり、酒をのんだりもした。体が悲鳴をあげたとしても当然だろう。

余分な贅肉《ぜいにく》がつきはじめたな、と感じるようになったのは、やはり人生の第三期、五十歳をすぎたころからである。

そして、私が「生きる」ということに対して、自覚的に興味と関心を抱きはじめたのが、その時期からだったのではあるまいか。

幸運にめぐまれて長く生きたとしても、まああと三十年、という実感があった。とりあえず六十歳までは生きたいと思った。それは、私が自分の父親よりは長く生きようと、ひそかに考えていたからだ。父親は六十歳を迎えることなく世を去っている。

五十歳から七十歳代までの第三期、この季節こそが人生のもっとも重要な本番だと感じられてならない。余生というのは、そのあとの第四期のことだろう。

すでに気づいている自分

まず生きる、というのが私のモットーである。良かれ悪しかれ、まず生きる。そのための根本はなにか。

とりあえず健康、というふうには考えない。体と心のバランスのとれた状態こそが目標である。

いわゆる健康法というものを、私はあまり評価しない立場だ。そして養生《ようじょう》は健康法ではない。生を養う、ということは、まず生きるということについて熱心でなければならないのである。

命が宿るのは、この自分の体である。その体を尊敬し、大切に思う。そして、その第一歩が、体の告げる言葉に真剣に耳を傾けることである。

冒頭、思いがけない出来事について書いたのは、じつは本人にとって思いがけない不測の出来事などというものは、ない、と言いたかったからだ。

他人にとっては思いがけない出来事であっても、本当は自分自身にはすでにわかっていたことなのである。

そう言われて、心当りのある人はいないだろうか。自分のことは自分が一番よくわかっているのだ。

病院にいって精密な検査をして、それではじめてわかるのではない。すでに自分自身には伝えられている。気づいていないふりをしているだけなのである。

体は必ずなにか信号を発している。必死で伝えようとしているのだ。

自分で判断するしかない

医学が発達するのは大事なことである。

そして昨今、医学の進歩はめざましい。ことに技術の面では、日進月歩の観《かん》がある。

病気を退治するのが、医学の仕事である。抜苦与楽《ばっくよらく》というのは仏教の言葉で、慈悲のはたらきをいう。

しかし、ふしぎに思うことは、医学の進歩とともに病人が少くなったようにも見うけられないことだ。

知人が手術を受ける必要があって手続きをすると、三ヵ月待ちという回答だったという。病院が混んでいて、手術を待つ患者が行列をしているというのである。きくところによると、手術の専門医は、一日に何例もの手術をこなすらしい。実力、人気、ともにかねそなえた名医となると、それこそウェイティングの列ができるそうだ。

これだけ薬も新製品が開発され、これほど医学も進歩したというのに、どうして病人がへらないのか。

それどころではない。巷《ちまた》には病気をかかえた人びとが、あふれているようにも見える。

「それは検査技術が驚異的に向上したからです」

と、医学ジャーナリストの肩書きをもつ友人がいう。

「これまで見すごされていた小さな症状でも、一発で確認できるようになったからですよ。早期発見、早期治療が可能になったことは、すこぶる良いことです」

「じゃあ、本格的な病気にいたらずに治療できるわけ？」

「そういうことですね」

「だったら世の中から病人がへっていくのが自然じゃないか」

「まあ、理屈からいえばそうでしょうけど」

世の中は理屈どおりにはいかない。それくらいは私にもわかっている。

しかし、医学の進歩とは、病人が少くなることだと思うのは、現実ばなれした空想だろうか。

医者が全員失業する社会、というのが医学の理想だろう。病人がいなくなれば、医者もいらない。その日をめざして営々と努力する医師の姿が崇高に感じられるのは、その自己犠牲の精神のゆえなのではあるまいか。

常識が常識でなくなる時

それにしても、健康に関する常識の進歩発展はめざましい。きのうまでは当り前のようにいわれていたことが、きょうは反対になるケースもしばしばである。

ケガをしたら消毒する、というのが私たちの常識だった。子供のころは、すりむいても、ナイフで切っても、まず消毒してから手当てをされた。オキシフルの液を傷口にかけると、シューッと白い泡がでる。いかにも悪いバイキンが殺されていくような気がしたものだ。そのあとに何か黄色い粉末をつけて、ガーゼをあてた上から包帯をまく。

通気性がよいほうがいい、といわれていて、空気にさらすほうが早くよくなると思われていた。

これが最近では、消毒しないほうがいい、といわれている。水道の水をジャーッとかけて、そのままサランラップかなにかで密閉して包帯をまくのがいいというのだ。

ケガをしたら、まず薬品で消毒する。そして通気性をたもって包帯をまく。ずっと物心つくころからそう信じて、疑ったことがなかった。

ケガの場合だけではない。病気や治療のみならず、養生とか健康法の面でも似たような例が無数にある。

おい、おい、ほんとかよ、と仰天《ぎょうてん》するような話が、いくらでも転がっているのだ。

風邪をひいて熱がでる。以前ならすぐに熱さましの薬をのんで熱をさげた。いまではできるだけ熱を人為的にさげないほうがいいという。

玄米がいいという人もいるし、残留農薬が多いから要注意ともいわれる。栄養素は多いが、消化吸収率からいえば白米のほうがいいという説もある。

日本式の米飯と野菜中心の食事が一番だ、という専門家もいれば、年をとるほど肉や魚をちゃんと食べろという学者もいる。なにがなんだか、さっぱりわからない。

湯かげんも人さまざま

私は風呂が大好きである。湯のなかで新聞や雑誌を読み、みかんやさくらんぼを食う。

長いときは一時間以上も湯につかっていることもある。

入浴の常識といえば、ぬるめの湯に半身浴、というのが鉄則のようになっている。

あらゆる記事を読んでも、医師や専門家がそうアドバイスしていて、これには例外がない。

しかし、ぬるい湯に下半身をひたして肩や胸を露出させていると、肌寒いときがある。それだけではない。ぬるめの湯では、体の芯《しん》まで温められない感じがのこる。

一体、ぬるめの湯に半身浴、という常識は、はたしてどれだけ精密で正確な実験と理論に裏づけられているのだろうか。

まず、人はそれぞれ体質がちがう。それに子供と若者と老人では体の反応が異なって当然だろう。

寒い日もあれば、汗だくになって湯に入ることもある。風邪をひきかけている人、疲労しきっている人、食前、食後、すべての状況がちがう。

それぞれの差異に応じて、適温というのが変るのではないか。足だけを湯につける人、半身浴が向いている人、私のように肩まで湯につからないと体が温まらない人もいるはずだ。

私は最初はややぬるめ、中ほど普通の熱さ、上りぎわにやや熱めの湯にして、出るときに水をかぶる。これが一番気持ちがいいのだから、しかたがない。

よい加減をみつけること

「食は養生にあり」

という。

健康の基本は、食生活にあるという意味だろう。

たしかに食べることは、人生の土台である。などとつねづね言いながら、自分の食生活をかえりみると慙愧《ざんき》に堪えない。

まず食事をする時間が不規則である。ふと気がつくと、夜まで何も口にしていないことがしばしばある。

そのせいで夕食はドカ食いになる。夕食というより、ほとんど夜食にちかい。起きてからずっと食事らしきものをとらずに、深夜、焼き肉を山のように平げたりする。これが体に良いわけはない。

そうかと思えば、一日、ヨーグルト二箇ですごしたり、甘いケーキをいくつも食べたりする。

しかし、それなりに食べるという事に関しては、気をつかっている面もないではない。

たとえば、噛《か》む、ということ。

よく噛んで食べよ、とは、すべての人が言っていることだ。十分に噛んで、唾《だ》液《えき》と混ぜあわせて胃に送りこむ。消化によく、大量に食べずにすむ。

噛むことはいいことだらけのように思われてくる。顎《あご》の筋肉を使うことによって、脳の機能まで活性化するとも聞いた。

私もできるだけ、ちゃんと噛むようにしてきた。しかし、時間をかけて口をモゴモゴやっているうちに、変な考えが頭をもたげてきたのだ。

そもそも胃とは、消化のための器官ではないか。胃には強力な消化機能がそなわっており、相当なものでもちゃんと溶かしてしまうという。

胃液には釘《くぎ》でも消化するほどの力がある、とも教わった。

それほどの能力をそなえた胃なら、たかが人間の食物ぐらいなんの問題もあるまい。胃は口から入れたものを、せっせと消化するのが本来の働きではないか。

そこに唾液を十分に混ぜ、流動物のように丹念に噛んだ液状のものを流しこんでやるのは、いささか過保護ではあるまいか。胃が怠けるというか、受け身になってしまえば、本来の胃の能力も退化してしまうだろう。それはゆゆしき一大事である、と考えたのだ。

胃の本来の働きとは

人間がよく噛んで物を食するのは、あきらかに体によい。しかし、それに胃が慣れてしまえば、野性的な消化機能が退化するおそれがある。

怠けちゃいかんぞ、と、胃にはっぱをかけて、ちゃんと働かせなければならない。

そう考えた結果、私は食物を口にするとき、ほとんどの場合はよく噛み、ときどき噛まずにのみこむことにした。

胃をびっくりさせてやろうという魂胆《こんたん》である。胃に本来の力強い消化力を思いださせるための善意の作戦だ。

ふつうはちゃんと丹念に噛む。ときどき噛まずにのみこむ。

私の善意が、ちゃんと胃に伝わっているかどうかは、さだかではない。しかし、目を白黒させて、あわてて消化作業にとりかかる胃を想像するのは楽しい。

「やるべきことをちゃんとやりたまえ」

と、自分が体の主人になったようないい気持ちだ。

人間の体とは、そういうものなのではあるまいか。過保護にすると、安易に流れる。酷使しすぎると金属疲労をおこす。

要するに、ほどほどが一番、という話だ。

「いい加減《かげん》」

という言葉を、肯定的に使うのが私の主義である。

風呂に入る。

「あ～あ、いい気持ちだ」

と、思わず口にする。その場合の湯の温度は、熱すぎてもいけないし、ぬるすぎるのも困る。

要するに、

「いい湯加減」

であることが大事だ。この、いい加減、または、よい加減、という微妙な物差しがコツなのではあるまいか。

ジョギングだろうが、ウォーキングだろうが、ただやみくもにがんばればいいというものではない。

すべてこの「いい加減」の手加減が重要だと思う。

養生の道は遠い

実際の生活においては、なににつけて白黒で割り切ることはできない。

養生法について考えるとき、ことに大切なのは、

「毒も薬になり、薬も毒になる」

といった、境界線のはっきりしない現実だろう。

以前、ヨガの先生の顔を見て、不審に思ったことがあった。女性のインストラクターだったが、顔に吹きでものが出て、表情も疲れたように見え、なんとなく生気がない。

「毎日ヨガをやってらっしゃるのに、あまり健康的には見えませんね」

と、失礼なことをいってしまった。その先生は、うなずいて微笑し、

「ヨガも一定の時間、毎日続けることが大事なんですね。でも、わたしは生徒さんたちに教えてますから、一日に何回もレッスンをするんです。ときには一日中ずっと教えることもあって——」

どんなに体によいことであっても、やはり加減というものが大事なのだ。やりすぎはよくないし、やらないのもよくない。

と、いうわけで、その「よい加減」の目盛りをみつけるために苦心する日々が続く。

体をいたわることと、体をきたえること。がんばることと、怠けること。養生は決して簡単な道ではない。

脳のどこを鍛えるのか

もの忘れがひどくなったと嘆く若い人たちが多い。

人間、五十歳をこすとおのずと記憶力が落ちてくる。それは当然のことで、気にすることなど何もないのである。

ところが、二十代、三十代の人たちが、

「えーと、あれ、なんだっけ。あー、出てこない、どうしたんだろう、うーん、まいったなあ」

などとじたばたしたあげく、

「近ごろもの忘れがひどくなっちゃって。脳トレやんなくちゃ」

などと腕組みしたりするのを見ていると、

「きみ、十年はやいんじゃないの」

と、苦い顔のひとつもしたくなるのである。

私自身のことをいえば、もうもの忘れを気にする年ではない。固有名詞がでてこなくなったのは五十代のはじめのころからで、いまはスムーズにでてこなくて当り前、すぐにでてきたりすると自分で驚くくらいの有様だ。

顔も、声も、経歴も、すべてちゃんと憶えているのに、名前だけがでてこない。

「やあ、しばらく」

と、挨拶《あいさつ》されて、

「あ、どうも」

と、一応、笑顔で会釈したりするが、相手の名前が思いだせないのは、じつに困ったことなのである。

講演の途中で、話題にとりあげている作品の作者の名前が、どういうわけか突然、記憶から消えうせてしまうことがある。

「えー、例の、その、あのー」

と、言葉をにごしている間に、ひょいとでてくることもないではないが、なかなかそううまくは事がはこばない。

ひとりで原稿でも書いているときなら、打つ手もある。アからはじまって順々に、イ、ウ、エ、オ、と最初の音をさがすのだ。

「ア、イ、うん、伊藤博文《いとうひろぶみ》が――」

などとすらすらでてくると苦労はないのだが、これが五十音順の最後のほうにでてくる人物だと困ってしまう。

有名な『青い鳥』の話をしていて、作者の名前が消えたりすると大変だ。なにが大変かといえば、メーテルリンクという最初の音にたどりつくまでが時間がかかる。モーリス・メーテルリンク、と、どちらもアからはじまってうんと終りのほうだからじれったい。

古い沼と流れる川

年相応のもの忘れなら、べつに心配することはない。人間の脳は開発さえすれば無限にちかい容量があるらしい。

しかし、私は自分の体験からして、人間の記憶の容量には限界があると思う。ある程度いっぱいになると、もうそれ以上はつめこむ余地がない。そうなると、古い記憶を押しだしていくことでしか新しい言葉を受け入れる道はない。

つまり、いい年になっても、もの忘れをしないような人は、古い記憶が沼のようによどんでいるだけなのではないか。忘れないかわりに、新しい知識がインプットされないタイプなのだ。

未知の情報は川の流れのように、日々、私たちの頭に流れこんでくる。一杯になったバケツはそれを受け入れることができないから、少しずつ放出していくしかない。

新しい時代の言葉は、私たちが憶えようとしなくても、暴力的に押し入ってくるのだからいたしかたないのである。

「安保法制」だの「センテンススプリング」だの「マイナス金利」だの「クローン端末」だの「ゲス不倫」だの「EU離脱」だの、目をつぶっていてもどこからか入りこんでくる時代の言葉に、悲鳴をあげながら押しだされていく単語の数は、「ちょっと待って！」と叫んだところでとり返すわけにはいかない。

こうして映画『赤い靴』に主演した女優さんの名前が消え、古賀政男《こがまさお》作曲の『赤い靴のタンゴ』をうたった女性歌手の名前が忘却のかなたへと去っていく。

たしか「奈良なんとか」さんじゃなかったのかな？

感情年齢を考える

そういうわけで「脳力トレーニング」が流行するのも納得がいく。どうやらゲーム機片手に、中高年の皆さんが『脳を鍛える大人のDSトレーニング』とやらに熱中されているらしいのだ。

脳年齢七十九歳と判定された主婦が、一週間のトレーニングの結果、三十代の前半まで回復したという話が新聞にのっていた。

たしかに脳は問題だ。しかし、私の個人的な意見としては、脳トレよりも「感トレ」のほうが必要な気がすることが多い。

要するに感情が枯れてきて、コチコチになってくることのほうが問題なのである。

もの忘れがひどくても、人間として生きていくことにさほどの困難はない。記憶力も大事だろうが、知識だけなら電子辞書のほうが上手《うわて》である。

脳の大事な働きのなかには、感情も含まれているはずだ。いきいきした感情、豊かな情緒、あふれる情熱などは電子辞書でおぎなうわけにはいかないだろう。

若いころは歌をきいて、思わず胸がぎゅっとしめつけられるような気分になったものだった。そういった情緒的な反応を、人間の発育の低い次元のものだとは思わない。

脳を鍛えるとは、年とともに失われていく感情の世界をとりもどすことではあるまいか。

もの忘れがひどくなったと苦笑する若い世代が、記憶力と一緒に人間的感情の水位もさがってきたのでなければいいのだが。

いわゆる脳年齢は高いほうがいい。それを低くすることがはたしてプラスであるのかどうか、と、ふと考える。

現代社会の七ふしぎ考

世の中、ふしぎに思うことが沢山ある。

自分だけがそう思っているのだろうか。ためしに人にたずねてみると、やはり同じようなことをふしぎに感じているらしい。

たとえば、電話とメールだけに特化した携帯電話がほしくて探すが、なかなか適当なものがない。

カメラなんか必要ないのである。音楽もいらない。字が大きく、読みやすい機種を、となると高齢者向けのひどいデザインのものになる。しかも万歩計ほか、いろんな機能がついてくる。

子供用でさえもゲーム機能とか、とにかく多機能てんこ盛りなのだ。マニュアルが百科辞典みたいに分厚くなるのも当然だろう。

私が使っているデジタルカメラには、ほとんどムービーと録音機能がついている。あって便利なときもあろうが、これまで一度も実際に使ったことがない。

世の中には、山ほど多様な機能がついた道具を欲しがる人もいるだろう。しかし、そうでないユーザーも多いはずである。

シンプルで使いやすく、そして良いデザインの品を、ずっと探し続けながら、どうしてもそれが見つからないというのは、じつにふしぎなことである。

ふしぎといえば、人の健康に関したことで、ふしぎに思うことが少くない。携帯電話とちがって、こと命にかかわることだけに、ただふしぎがっているだけではすまないのだ。

最近は脳ばやりで、テレビの番組などにも脳のトレーニングを扱うものが少くない。多少なりともボケや物忘れの傾向があるのは普通のことだが、それが進行するのではないかという不安はだれにでもある。

それでつい脳力向上をうたった番組などを見てしまうのだ。しかし、見終ったあとで、

〈おい、おい、本当かよ〉

と、心のなかでつぶやくことがしばしばあるのは、私だけだろうか。

あまりにも断定的にきめつける内容に、つい疑いを抱いてしまうのだ。断定し

なければテレビ番組としてはインパクトがないのかもしれない。だが、こと健康とか、命にかかわる問題を、あんなふうにキッパリ言い切ってしまっていいのだろうか、と首をかしげるのだ。

朝食と脳の関係

ずっと私がふしぎに思っていることの一つに、朝食の問題がある。

「朝食を食べさせないと子供は不良になる」

という言いかたを、しばしば耳にするようになった。食育、とかいう言葉の使われかたにも、なんとなく怪しげなところがある。

脳の権威といわれる学者のかたが、すこぶるきっぱりと朝食のすすめを断定なさっていた。

「朝食は脳のガソリンです。朝食を抜いたら脳は働きません」

なるほど。明日からはちゃんと朝食をとろうと決心する。いつも原稿が締切りに間に合わないのは、朝食抜きの執筆生活が続いたせいだったのか。

しかし、毎日、午後二時に起床するような生活を四十年以上も続けてきた私にとって、起きてすぐにとる食事は、はたして朝食といえるのだろうか。

これまでの常識では、ものを沢山食べると眠くなるし、それは消化のために胃に血液が集ってしまうからだと教えられていた。

朝食を食べれば、それがすぐに脳のガソリンになるものなのだろうか。目を覚ましたとき、人のガソリンタンクは常にからっぽなのだろうか。

私は中学から高校にかけて、必ずしもまじめな生徒ではなかった。むしろ不良少年だったような気がする。隠れて煙草を吸うこともあったし、万引きの経験もある。そこそこの不良だったのだ。

しかし、当時は必ずちゃんと朝飯は食べていた。たとえおかずは高菜《たかな》の漬物ばかりの単調な食生活であったとしても、一度も朝食を抜かしたことはなかったと思う。

朝食をちゃんと子供に食べさせる家庭は、きっと健全な家庭にちがいない。しかし、朝食を食べないという思想にも、また一理あるのではないかと私は思う。

不良老年への道

「食は養生にあり」

とは、千古不滅の金言だ。しかし、それは必ずしも沢山食べるほうがいい、ということではあるまい。

また、数多くの品を豊富に食べることが不可欠、ということでもなさそうである。

どんな考えかたにせよ、私は「これだけで大丈夫」という思想は信用しないことにしている。

「玄米さえ食べていれば――」

とか、

「正しい呼吸法さえ身につければ――」

とか、

「背骨の歪みさえ直せば――」

とか、一つのことに執着する考えかたは、どこか怪しい。

原因があって結果がある。それは確かだが、一つの結果をもたらす原因は、ただ一つではない。関係しあう物ごとは、無数にある。気が遠くなるような因と縁のからみあいの中から、一つの結果がもたらされるのだ。

人の顔が百万人百万様であるように、人体も、脳も、ひとりひとり全部ちがう。共通するものもあれば、共通でないものもある。

その違いは自分自身で見つけるしか道はない。

「自分にはこれがいいのだ」

と、確信をもてる立場を探すことは、なかなかやり甲斐《がい》のある仕事だろう。私は七十歳を過ぎたころから、ようやくそれが少し見えてきたような気がする。そして相変らず夜ふかしの生活を送り、朝食抜きで生きている。不良老年になるべくしてなったのだろうか。

第三部　気ままな旅

古い街に吹く新しい風

私は以前、金沢《かなざわ》に住んでいた。今はなき刑務所のレンガ塀の近くであった。犀《さい》川《がわ》と浅野川にはさまれた小立野《こだつの》台地の一角である。

すこぶる風情《ふぜい》のある刑務所の建物で、正面の門構えなど大学の校門のようだった。刑務所が移転して、現在は美術工芸大学になっている。あの正門をそのまま美大の校門に転用すればよかったのに、と冗談でなく思う。

この小立野台地の北の端が兼六園《けんろくえん》だ。その横の広い坂をおりていくと、美しい桜並木の道が香林坊《こうりんぼう》の繁華街へと続く。

右手に金沢城の石垣が見えて、しばらくいくと、赤レンガの典雅な建物があらわれる。旧制四高の校舎跡である。四高と書いてシコウと読む。なぜかヨンコウとは言わない。

この校舎は、いま石川近代文学館として再生し、全国に知られている。室生犀《むろうさい》星《せい》に関するコレクションなど、その充実ぶりは目を見張るほどだ。その前を通りすぎると香林坊。

金沢に愛された自由人・小松砂丘

香林坊の交差点の一角に、小松《こまつ》砂丘《さきゅう》の句碑が立っている。地元の人も気づかないような、つつましい句碑である。

明暗を香林坊の柳かな

小松砂丘は能登《のと》に生まれ、金沢で暮した文人である。俳人であり、画家であり、ユニークな生き方を貫いた自由人だった。

砂丘さんは、飲み屋でも、おでん屋でも、色紙を所望する者がいると、いつでも気楽に筆を走らせて、無造作に人にあたえた。

「先生、そんなに気軽にお書きになると、作品の値打ちが下がりますよ」

と、ある記者が忠告したら、笑ってこう答えたという。

「小松砂丘の作品は、数が多いところに値打ちがあるんや」

したがって砂丘の絵や文章は、金沢のいたるところにある。私のつれあいの実家には、台所の柱に「火の用心」の札が張ってあった。雷鳥の絵柄の札で、これも小松砂丘さんの筆である。料理屋の箸袋《はし》にも砂丘の印があり、マッチ箱にも、菓子の包み紙にも砂丘さんの絵を見ることができる。

「砂丘さんの作品を、なかなかちゃんとした美術商は扱おうとしない傾向がありましてね」

とその道の専門家が言っていた。

「なにせ数が多すぎるんですわ。もっと少ければ値が出るんでしょうけど」

小松砂丘の作品といえば、なんとなく俳画風の絵が目に浮かぶ。しかし、私が拝見した屏風絵《びょうぶえ》は堂々たる大作だった。すぐに連想したのは、長谷川等伯《はせがわとうはく》の障壁画《しょうへきが》である。コッテリした生命力のあふれる作品で、しばらく画の前で絶句したほどの迫力だった。

犀川と浅野川　文学館と文芸館

さて、香林坊から大通りを東にむかうと、右手に近江町《おうみちょう》市場の入口が見えてくる。さらに右寄りにずっと歩いていくと、やがて赤レンガのユニークな外壁の目立つモダンな建物の前に出る。これが金沢蓄音器館だ。

金沢といえば堂々たる博物館や、格調ある美術館ばかりが連想されるが、この親しみやすいミュージアムは、金沢の新しい顔のひとつだろう。ラッパのついた蓄音器や、懐《なつか》しい電蓄など、貴重なコレクションが山のようにある。

私の父親は師範学校の教師だった。国学に傾倒し、本居宣長《もとおりのりなが》、賀茂真淵《かものまぶち》、平田篤胤《ひらたあつたね》などの本を集めていたが、じつは浪曲の大ファンだった。広沢虎造《ひろさわとらぞう》、寿々木米若《すずきよねわか》などのレコードをこっそり手回しの蓄音器できいては、首をふっていたことを懐しく思いだす。

私は以前、この博物館の古い蓄音器で、室生犀星が作詞をした『かもめ』という歌をきかせてもらったことがあった。犀星は専門の詩人で小説家でもあるが、ずいぶん歌も書いている。ひところは校歌をしきりに書いたものだ。最近、作家や詩人たちがあまり歌を書かないのはなぜだろう。まさか歌われる歌を馬鹿にしているわけでもあるまい。私が学生時代には、サルトルがグレコのために書いたシャンソン『ブラン・マントー通り』を、よくうたったものだった。

この蓄音器館のすぐ近くには、泉鏡花《いずみきょうか》記念館がある。鏡花の生家跡に記念館があるというのは、いかにも金沢らしい。

暗がり坂という坂を降りれば、すぐ主計町《かずえまち》だ。一時、町名が変更されていたのを、旧町名に戻す運動があって、全国で最初の旧町名回復の町となった。浅野川ぞいのこの町は、私の好きな金沢の一画である。

大通りにもどって、突き当ったあたりが尾張町《おわりちょう》。かつて老舗《しにせ》が軒をつらね、香林坊よりもにぎわった時期もあったらしい。左に折れれば浅野川大橋が目と鼻の先だ。

さて、このあたりで右に目を転じると、白い古風な三階建てのビルが見えるだろう。古風というか、モダンというか、要するに一九二〇年代のアール・デコの雰囲気を漂わせた建物である。

ここは以前、銀行のビルだった。それを金沢市が買いとったあと、新しい施設に生まれ変ったのだ。

金沢文芸館、というのがそれである。石川近代文学館が犀川地区の文学館なら、こちらはさしずめ浅野川ぞいの文芸館だ。文学と文芸の微妙なちがいは、そのまま犀川と浅野川の二つの川の雰囲気と重なる。

犀川を俗におとこ川という。それに対して浅野川はおんな川だ。山の手と下町、という感じもする。犀星と鏡花の作風のちがいもあるだろう。そんなコントラストがおもしろい。

この金沢文芸館が誕生するにあたって、私もアドバイザーとして多少のお手伝いをすることとなった。私が考えたのは、伝統を守る博物館ではなく、新しい文芸の波をつくりだすホームグラウンドのイメージだった。生きた創造の現場というのは、かなり雑駁《ざっぱく》なものである。生きた魚を手づかみにするような、そんな活気ある場所をつくりだせないものかと思った。

生きた魚がピンピン跳ねるような

その文芸館の二階に、五木寛之文庫というコーナーを設けたいという相談を受けたときは、正直、うーん、と首をすくめる気持ちだった。これまで何度かそんな話もないではなかったが、私はなんとかご辞退させてもらってきている。熊襲《くまそ》や隼人《はやと》の末裔《まつえい》である九州人にも、多少は照れる気持ちはあるものなのだ。

しかし、人寄せパンダという役目も、それなりに大事かもしれないと考え直した。文芸ジャーナリズムの現場の空気を伝えるような、そんなコーナーなら意味のないことではあるまい。

たとえば一冊の本ができるまでの過程を、ありのままに見てもらうような展示はどうだろうか。現地を歩く。メモをとる。構想をまとめる。原稿を書く。ゲラが出てくる。それに手を入れて、編集者からの意見や、校閲からの疑問点が返ってくる。再校ゲラに続いて雑誌の挿し絵があがり、雑誌が発売され、それから単行本の組みゲラが出る。さらに手を入れ、装幀《そうてい》が完成し、広告やオビが作られ、本が発売される。さらに文庫になったり、映像化がすすんだりして、何年かのちにさらにさまざまなかたちで作品が変化していく。

文学作品として研究の対象になっているような古典でも、誕生したときは、そんな雑然とした流れのなかで生きた魚のようにピンピン跳ねていたはずではないか。

ふむ、ふむと自分で納得した。そうだ、生きて活動している今だからこそ、自分のコーナーが成り立つのだ。死んでしまえばやめればいい。普通は死後に記念館がつくられるものだが、その逆というのはおもしろい。

と、いうわけで、金沢文芸館の二階に五木文庫が開設される運びとなった。

古い顔と新しい顔が混在する金沢の魅力

金沢は古い街だが、すこしずつ新しい風も吹いている。二十四時間オープンしている芸術村などもその一つだ。21世紀美術館という強力な新風も話題をあつめた。

古い顔と新しい顔が混在してこそ金沢が魅力のある街になるような気がする。尾張町の交差点に面した金沢文芸館には、風雅なアプローチもなければ、伝統もない。街角にゴロンと建っている姿が、いかにも異様だが、私にはそこがおもしろい。

五十鈴《いすず》川きよき流れは
さもあらばあれ
われは濁れる水にやどらん

というのは、長野の善光寺《ぜんこうじ》で目にした歌である。金沢文芸館は、そんな感じでいけばいいのではあるまいか。

蓄音器館から鏡花記念館へ、そして金沢文芸館をのぞいたあと、大橋を渡れば徳田秋聲《とくだしゅうせい》記念館もある。東の茶屋街《ちゃやがい》か、それとも主計町か、ぶらぶら歩けば古い金沢と新しい金沢の横顔がかいま見えることだろう。泉鏡花も、デビューしたときはピカピカの新人作家だったのだ。

古い伝統を守ることも大事だが、将来、伝統となるような現代の作品を創りだすことは、もっと重要だ。そんな風が、このあたりの一画から吹きはじめるような予感がある。

金沢文芸館／金沢市尾張町1-7-10　076（263）2444　火曜、12月29日〜1月3日は休館

ガンジスの流れは青かった（一）

インドへ来ました。

ブッダ入滅の地、クシナガラの宿でこの原稿を書いています。

正直言って、もうクタクタ。

クシナガラは佛蹟《ぶっせき》巡礼の旅の終点ですが、有難いよりも何よりも、疲れました。

「苦死《くし》ながら」などと冗談を言われても笑えません。笑う元気もない。

ぼくにとっては久しぶりのインドですが、じつにインドは悠久の大地なんですね。

以前と全然変っていないどころか、今回の旅ははるかにハードでした。

なんといっても、交通の便が悪い。それにインドは広い。デリーやムンバイのような大都市はともかく、インド亜大陸の内懐にはいりこむと、もう出ていけないんじゃないかという感じさえしてくる。

前回のタージ・マハルや、アジャンタ、エローラなどを訪ねた旅は、あれはなんとも贅沢《ぜいたく》優雅な旅だったなあ、と、つくづく思われてくるのです。

飛ばない飛行機　でてこない荷物

そもそものつまずきは、エア・インディアの出発時間のおくれから。正午発のデリー経由ムンバイ行きに乗る予定だったのですが、機体故障のためとかで搭乗がのび、食事券を支給される羽目になりました。

早朝に自宅を出て、成田空港に定刻の三時間も前に着いたのですから、これはつらい。前途になにやら怪しい不安をおぼえたのも当然でしょう。

午後二時すぎに、ようやく離陸したのは幸運でしたが、それからが長かった。地図で見るまでもなくインドはやはり遥《はる》かなる天竺《てんじく》なんですね。

先年、ヘルシンキへ飛んだときは、なんと八時間をわずかに切る快適ぶりでした。北のはずれとはいえ、ヨーロッパまで七時間数十分というのはすばらしい。

ついその気になって、インドまでひとっ飛びと甘く見ていたのが失敗のもとでした。デリー経由でムンバイに着き、荷物がでてきたのは日本時間の午前二時ちかい夜ふけですから大変です。

ちなみにインドと日本の時差は三時間半です。意外に少いんですね。

同行のスタッフの荷物は順番に現れましたが、ぼくのトランクだけが待てど暮せど現れません。

経験のあるかたはお判りでしょうけど、旅の初日に荷物がちゃんとでてこなかった時の苛立《いらだ》ちというのは、言葉ではいえないくらい嫌《いや》なものです。

もう、ほとんど諦《あきら》めかけていた頃、だれかが「あっ、あれじゃないですか！」と大声をあげました。なんと、全員の荷物がでてきたベルトコンベアーではなく、隣りの別な便の荷台にガタゴトと出現したのです。

もし気づかなければ、荷物紛失の窓口へ駆けこむところでした。

さて、とりあえず荷物をカートに乗せて迎えのバスに乗る。交通の便を考えて、ムンバイ市内のホテルではなく、空港のすぐ近くのホテルを予約してあるという話です。

「二十分もあれば着くでしょう」

と、旅慣れたスタッフは地図を見ながら言うのですが、ぼくは内心、「そんな考えは甘すぎる」とつぶやいていました。

ムンバイの夜の活気にガツンと一発くらう

案の定、空港の外はすさまじい渋滞です。もう現地時間でさえも深夜なのに、まるで祭りの晩のようなにぎやかさ。

「活気があるなあ」

「すごいねえ」

などと若いスタッフは窓の外を見ながら感嘆していましたが、活気なんてもんじゃありません。街中が蜂《はち》の巣をつっついたようにワンワン唸《うな》っている感じ。

タクシーが走る。バスが走る。トラックが走る。トラックはすべて超積載オーバー。バスは屋根の上まで人が鈴なり。

そこに三輪の不思議な車が割りこむ。オートリキシャとかいうんだそうですね。定員は乗客二名になっているそうですが、実際にはすべて五人以上は乗っています。なんと荷台にぶらさがって、ちょうど十人つめこんで走っているリキシャがありました。

よくテレビなどでやっているゲームがありますね。小型のフォルクスワーゲンなどに、つめこむと何人乗れるかという実験。街を走っている車という車が、すべてあれをやっているとしか思えません。

さらにエンジンのついていない自転車タイプの人力リキシャが水すましのように駆け回ります。案内書では人力リキシャは現在コルカタにしか走っていないと書いてありましたが、インドの地方の町へ行くと、無数に活躍しているのが、この乗りものです。

さらにバイク、自転車。そして大きな荷物を載せた手押し車や、牛車、ロバにひかせた車などが、身動きもできないほどひしめきあっているのです。

車だけではありません。いったいどこからこんなに人が湧《わ》き出したのかと呆《あき》れるほどの人、人、人。その全体がワーンと地響きのような高周波を発して渦巻いているのですから、これはもう渋滞なんてものじゃありません。

ムンバイの夜の活気にど肝を抜かれたのは初日の話。なんといってもムンバイは大都市です。ポルトガル、イギリスの統治下にもありましたし、アラビア海に面したインド商業のヘソでもあります。その都会の夜の街の活気を百倍した泥臭いエネルギーが、インドの地方には氾濫《はんらん》していることに、やがて気づかされることになろうとは、その晩は予感することさえありませんでした。

疲れ切ってホテルにチェックインしたのは、すでに自宅を出てから十八、九時間が経過していた頃でした。

インドは大変だ。当り前のことですが、ガツンと一発くらった感じの第一歩でした。

旅行のコーディネイターだけはやりたくない

さて、一夜明けて、ムンバイは快晴です。アラビア海からの潮風が、じっとりと肌にまつわる気配が妙に心地よい。その日は、アンベードカルという人物の記念の廟《びょう》のあたりで、佐々井秀嶺《ささいしゅうれい》さんとの対談です。

佐々井さんについては、また別の機会に紹介するつもりですが、現在、インドの仏教徒たちから生き佛《ほとけ》のように尊敬され、敬愛されている日本人僧です。アンベードカルという偉大な存在についても、ぼくらはほとんど知る機会がないのは残念です。

子供の頃から浪曲が大好きだった、という佐々井さんは、インド中央政府のマイノリティー委員会の仏教徒の代表もつとめられた多忙なかたですが、ムンバイで話をする機会があったのは幸運でした。

さて、その後が本格的なインド体験のはじまりです。翌日、ムンバイから国内線でパトナーへ入る予定でした。

パトナーはビハール州の州都です。かつてのマガダ国の首都として繁栄した街だという。地図を見てびっくりしました。これは遠い。インド亜大陸をネパールの近くまで、まさに横断する感じ。

午前中から集合して出発を待っていたのですが、突然、なんの予告もなく飛行機が飛ばないという。ホテルへ後もどりして待つこと五時間、なんとかパトナーへその日のうちに着けそうだという情報がとどきました。

本来は、まずパトナーへ入り、そこからブッダガヤまで一気に行こうというプランだったのですが、どうやら無理。コーディネイターのカプールさんの超人的な活躍で、なんとかデリー乗り換えでパトナー行きの便がおさえられたのです。デリー空港も大混雑でした。前日、濃霧のため、ほとんどの便がフライト中止になった影響もあるのでしょう。乗り換えの便の出発時間はとっくに過ぎている。走りに走って、なんとか待っていてくれたパトナー行きのジェットエアウェイズに転がりこみました。

この航空会社は国内線ですが、国際線のエア・インディアよりはずっと機体も新しく、サービスもてきぱきと行き届いています。機内食も国際線よりはるかに上等というのもおもしろい。

とりあえずパトナーに着いて、ホテルの緊急手配です。旅行のコーディネイターだけはやりたくない、と、こんどは正直そう思いました。グループ全体の面倒を見るだけでも大変なのに、予定が変更になるたびに、すべてのスケジュールをキャンセルしたり、予約したりと新たに組みなおすのですから。

今回のように優秀なコーディネイターに恵まれていなかったとしたら、きっとデリーあたりで成田へ逆もどりしていたかもしれません。

インドは蚊も犬もふてぶてしい

パトナーの渋滞ぶりは、ムンバイの比ではありませんでした。無理して取ったホテルは、なんともいえない奇妙な宿です。とりあえず雨露がしのげるだけでも十分ではないか、と贅沢に慣れきった精神に鞭《むち》打ってベッドにもぐり込みます。ブーンという懐しい音。

蚊とであうのは何年ぶり、いや何十年ぶりだろう。一匹か二匹なのですが、追っても追っても粘りづよく攻撃してきます。インドの蚊は、なかなかしぶとい。蚊取り線香をもってくるべきだった、と、後悔したのですが後の祭り。

やっと眠りが訪れてきたと思ったら、部屋の下の道路からキャイーンという何ともいえぬ悲鳴がきこえてきました。どうやら犬が車にひかれた模様です。

蚊だけでなく、インドの犬のふてぶてしさも相当なものです。大渋滞のなかで、平然と道路の中央に寝そべって動かなかったりする。

パトナーからジープで移動中のことですが、仔犬《こいぬ》が地面に這《は》いつくばって、車が直前まできても知らんぷり。クラクションをいくら鳴らしても動こうとしません。

ドライバー氏は真面目な若い人でしたが、なんと徐行運転で、そのまま仔犬の真上を通り抜けたのには驚きました。車高の高いジープだからこその芸当です。頭の上を車が通過していくのを這いつくばって楽しんでいるインドの仔犬も大した度胸ではありませんか。

翌朝になって、同行のスタッフの話を聞いたのですが、深夜の悲鳴は、やはり犬が車にひかれたのだそうです。

通りに面したホテルの部屋の窓から眺めていると、倒れて動けずに鳴き続けている犬のまわりに、どこからともなく現れた野犬の群れが何十匹と集ってきて、やがてそのうち一匹、二匹と哀《かな》しげにその場を去って消えていったそうです。

そんな風にしてスタートしたインドの旅ですが、なんといってもインドは広い。その上、交通機関が発達していません。翌日からの移動は、ふと昔の「バターン死の行進」という言葉を思いだしたくらいに大変なものでした。

ガンジスの流れは青かった（二）

往復八時間を走って、翌日は十時間の車での移動、と、言葉でいえば簡単ですが、実際は壮絶をきわめた走行です。

インドも地方へいくと道路が穴ぼこだらけで、とても道路とはいえない状態です。こんどの移動は、特にひどいコースだったようですが、内陸部はどこも似たようなものでしょう。中央分離帯などという洒落《しゃれ》たものは、市街地中心をのぞいては一切なし。中央部が盛り上ったデコボコ道を、轟音《ごうおん》をあげながら大型トラックやバスが疾走する。その間隙《かんげき》をぬって、バイク、自転車、歩行者、子供、それに犬や、ヤギや、牛などが行きかう。

大都市では昔のように牛が堂々と道路の中央を占領して、車が動けないというシーンは見られませんが、地方都市にいけば以前とまったく変っていません。

むしろバイクや自転車がふえた分だけ危険度はましている。そのなかをスピードを落とさずにすり抜ける運転技術は、まさに神業《かみわざ》としか言いようがありません。

皮膜《ひまく》の間《かん》といいますか、一センチか五ミリの空間で人と車が交差するのです。もし、世間のトップドライバーを集めて、渋滞ラリーという競技でもやらせれば、まちがいなくインドの選手が優勝するでしょう。テレビで見るダカールのラリーなど、インドの交通事情とくらべると子供の遊びのようなものです。

手に汗をにぎる、などと言いますが、まともに窓の外を見ていると、心臓がギュッと止まりそうになるので、目を閉じて若い日の懐しい思い出などをふり返るしかありません。ああ、こうして自分はインドの地で交通事故のために世を去るのだなあ、と、正直そう感じるのです。

美しく青きガンジスの岸辺で

いくつかの地方の村を回り、再びパトナーへもどってきました。パトナーはガンジス河畔の街です。むっとするような市内の雑踏から、坂道を抜けて河岸にでると、信じられないような美しい風景がひろがっていました。

こちらの岸には樹木が茂り、風情のある家屋が河岸にそって並んでいます。うぐいす色とでもいうのでしょうか、やや黄色味をおびた水の流れは、驚くほどひろびろと静かです。

対岸は若草色の一色で、人の姿もほとんど見えません。白い中洲《なかす》と、青々とした岸辺と、ときおり灰色のイルカが空中に跳ねるだけで、なんともいえず穏やかな風景です。

ガンジス河といえば、ぼくには頭に刷《す》りこまれてしまっているお決まりのイメージがありました。黄褐色《おうかっしょく》に濁《にご》っている水と、そこで沐浴《もくよく》をしたり、祈ったりしている群集。岸では死者を焼く煙が地を這い、異臭が漂う混雑のなかで、生と死のドラマが渦巻いている。圧倒されてそれを眺めている観光客たち。

おそらくほとんどの人たちのガンジス河のイメージは、そんなふうなのではないでしょうか。

たしかにバラナーシーの沐浴場（ガート）のあたりは、いまもその通りの光景が見られます。しかし、ガンガと呼ばれるガンジス河のもう一つの美しい姿を、ぼくはこんどの旅ではじめて目にしたのでした。

ふつうは上流の清らかな水の流れが、下流にいくにしたがって濁って汚れてくるものです。しかし、パトナーの街のそばを流れるガンジスは、信じられないほど静かで、平和で、美しい。ことに対岸の青い岸辺は、まさに彼岸《ひがん》の浄土を思わせる光景でした。ガンガ・マー（母なるガンジス）とインドの人びとが呼ぶ理由を、パトナーの岸辺に立ってみて、はじめて実感したのです。

エメラルドグリーンに輝く水面は幻か

実際に渡し船のような古い船で、河の流れのままに、しばらく下流へと流されてみました。水の色は透きとおってはいないのですが、なんともいえず柔らかな色で暖かい。対岸にはどこまでも青々とした耕地が続いています。麦や、トウモロコシなどの畠《はたけ》が見渡す限り広がっている。その上をひんやりした川風が吹き通っていく。

下流に長い橋が見えました。マハトマ・ガンジー大橋と呼ばれるその橋は、インド人が東洋一と自慢する長大な橋です。

その橋を何度も渡ることになって、東洋一どころか世界一ではないかと思ったのが、橋の路面のひどさでした。よく洗濯板のような、という言い方をしますが、ガンジー橋の路面はまさに洗濯板以外のなにものでもありません。

サスペンションの硬いジープでその橋を渡ると、骨の芯《しん》まできしむようなショックが伝わってきます。

しかも、それがやたらと長い。五キロあると聞きましたが、スピードをだして走っても、終りのない橋のような気がしてくる。

この橋を渡るたびに、ため息がでます。ああ、此岸《しがん》から彼岸への旅の、なんと長く困難なことか、と。

しかし、そんな橋でも、何度か渡っているうちに、すばらしい代償があることに気づきました。それは橋上から揺れながら眺めるガンジス河の眺めです。

不思議なことに、橋の上から遠望すると、あのうぐいす色の河の水が青く見えるのです。青いというより、エメラルドグリーンのような色をたたえて陽光のもとに輝いています。

「美しく青きドナウ」という曲はおなじみですが、「美しく青きガンジス」という曲はインドにないのでしょうか。

聖なるものは、汚れと隣りあわせに

ガンジス河が青く見える場所がある、というのは、インドの旅で発見した収穫のひとつでした。そして、パトナー側から見て対岸にあたる岸辺の美しさも、夢を見ているような感じなのです。人影はなく、ただ一面に青々とした岸辺が続いている。街の雑踏とは、まるで別天地が、突如としてひらけるのです。聖なるものが、汚濁《おだく》のなかに忽然《こつぜん》として出現する、というのが、インドの独特な姿なのかもしれません。

最近はあまり見られないそうですが、自殺者や、その他の理由で火葬できない人は、死体をそのまま河に流すようです。あの青い美しい流れのなかにも、人間の生と死のありようがひそんでいる。

ブッダが最後の旅の途上で、病いに倒れたというパーヴァ村へいきました。村はずれに、マンゴー畠の跡らしき茂みがあります。そこで村の鍛冶屋《かじや》の子、チュンダから食事の供養《くよう》を受けたと伝えられている場所です。その一帯の風景は、絵にかいたように美しいものでした。麦畠のあいだのあぜ道には、紫の花が咲き乱れ、ようやく咲きはじめた菜の花の黄色が鮮やかです。

まるで、浄土のような風景なのですが、ぼくが歩く小径《こみち》の左右には、村人たちが用を足したと思われる大のほうの渦巻きが、いたるところにありました。

聖なるもの、美しいものが、常になまなましい異臭を放つものと隣りあわせに存在している、というのがインド的、いや、人生そのものの姿なのかもしれません。

クシナガラで泊りました。夜はあくまで静かです。しかし、どこから侵入してきたのか、一匹の蚊が執拗《しつよう》にぼくの首筋を狙って接近して離れません。ブッダ入滅の地で蚊を殺すというのも、なんとなく気がひけるではありませんか。ふと足もとを見ると、ゴキブリをもっと複雑にしたような黒い虫が、スリッパの上に素早くすり寄ってきます。インドの夜は、こうして更けていくのでした。

日本からはるかインドを思えば

「見テ知リソ　知リテナ見ソ」

というのは、柳宗悦《やなぎむねよし》の言葉です。私は「心偈《こころうた》」という画文集のなかでその呪文のような短い言葉に出会いました。一瞬、ハッとして、それからずっと忘れることがありません。

私たちは、ほとんどすべてのことを、事前のイメージによって知ったつもりになっています。

「会ってみたら、思ってたよりずっと良い人だった」

など言ったりします。同じ国で同じ時代に生きている人間ですらそうです。ましてインドともなれば、はるかな遠い国。むかしは唐《から》・天竺といって地の果てのような印象がありました。

私が出発前にガイドブックを買おうと書店にいったら、タイや、トルコなどの案内書はどこの店にもあるのに、インド関係の参考書はほとんど見当りませんでした。インドは日本人にとって、現在でも縁遠い世界なのでしょうか。

そんなわけで、私たちのインドのイメージは、ほとんどが本や、雑誌や、映像によってあたえられ、勝手につくりだしたものです。

実際にインドを旅した人は、なおさら自分本位のインド像をつくりあげてしまう。自分の目で見たのだから、という思いこみがあるから簡単に修正がきかないところが問題なのです。

三十年前にツアーでインドを訪れたときの印象が、そのまま固定してしまっている人もいます。自分が実際に体験した、という自信があるから反論しても意味がありません。

すべてのものは変化する。移り変らないものなどこの世に存在しない、というのは仏教思想の原点でしょう。

戦後まもなく日本を訪れた外国人の体験は、半世紀以上も古い日本の残像であって、いまの日本の姿ではありません。私自身、昭和二十年代前半の中学・高校生活をふり返ってみると、とても本当のことだとは思えないような事実ばかりです。その頃、九州の田舎では靴をはいて通学する生徒など数えるほどしかいませんでした。ほとんどの生徒が下駄、それもタカボクリと称する歯の高い下駄でした。その下駄の歯がすりへるのを防ぐため、古いタイヤのゴムを釘《くぎ》で打ちつけて使っていたものです。両親の実家のある山村の集落には、電気も、水道もありませんでした。

その頃もし九州を旅した外国人は、日本の農村は極度に貧しい、と一生ずっと思い続けるのではないでしょうか。

いま、その集落には立派な道路ができています。もちろん液晶テレビもパソコンもあるはず。一家で何台かのマイカーも持っているにちがいありません。

私たちは常に現実の姿を見失いやすいものです。それと同時に、自分の目で直接に見ることなしに、擬似イメージの眼鏡をかけたまま、何かを知っているつもりになっています。

インドについても同じことが言えるにちがいありません。

「知リテナ見ソ」

とは、先入観でものを判断しがちな私たちをいましめる言葉です。

知識を持つのは悪いことではありません。しかし、いったん古いイメージを捨てて、裸の目で世界を見ることが大事なのです。そして、きのうの世界ときょうの世界はちがうということ、きょう目の前にある世界が、明日は決して同じでないことを覚悟する必要があるでしょう。

私が、マハトマ・ガンジー橋の上から見たガンジスの流れは、たしかに青く見えました。しかし、それは二千五百年前に、ブッダが渡ったと伝えられる場所の眺めです。ちがう場所から見るガンジス河は、黄濁したゴミの河なのかもしれません。またインドに工業化、産業化の波が急激に押しよせたときは、ガンジスが工業廃水の渦になることも考えられます。

いずれにせよ、私はバラナーシーの沐浴場附近のおきまりの風景写真のイメージに、ながいあいだとらわれていたのでした。そしてはじめて目にした緑の岸辺と、白い洲《す》と、美しく青いガンジスの流れにショックを受けたのでした。そのこと一つでも、インドを訪れた意味はあった、と、つくづく思うのです。

インドの風に吹かれて

古いアルバムを整理していたら、むかしのインド旅行の写真がでてきた。見るともなしに眺めていると、なにか奇妙な錯覚をおぼえた。歳月のへだたりが、まったく感じられないのである。

写真のなかには、ガイド氏に頼んでシャッターを押してもらった自分のポートレイトもある。一見して自分の顔や体型に、二十三年の月日がありありと確認できるのは当然のことだ。しかし、風景や、町の雑踏や、人びとの暮しぶりなどのスナップを見るかぎり、インドはむかしと少しも変っていないように思われてくるのである。

変らぬものはない、と、ブッダは教えた。そのとおりだ。すべては時々刻々と変ってゆく。人間も、世の中も、自然や風景も。

しかし、それは確かなことであると承知した上で、なぜかインドは変らないという感覚を否定するわけにはいかない。

変らぬ景色と変るわが身

インドは核の保有国だ。世界のＩＴ産業の先端をゆくのがインドだという説もある。日本の企業も続々とインドへ進出しつつあるらしい。インドの医学界の水準は、国際的にもずば抜けているという話も聞いた。

それを心にとめた上でインドを歩いて、わたしはそこに変らぬインドの姿を見たような気がした。古い写真と、二〇〇六年の春に撮影した写真をくらべてみても、そう思った。

以前にインドへいったときには、重くて大きなカメラをもっていった。フィルムも普通のネガフィルムだけでなく、プロが使うようなポジのものも用意した。さすがに三脚までは持参しなかったが、機材は相当な重さになった。

それが今回はちっぽけなデジタルカメラ一台である。容量の大きなＳＤカードを何枚かケースにはさんで、ポケットに入れていく。

変ったのは、こちらのほうかもしれない。前にくらべて、体重もふえている。動作もにぶくなった。老眼鏡がなければお金の勘定もできない。夜中に何度も目がさめる。物忘れもひどくなった。

脳の細胞は再生がきかないのだそうだ。日々、信じられない数の脳細胞が死滅していきつつあるらしい。せっかく出発前に暗記したヒンディー語の単語は、成田からの空の旅のあいだにどこかへ消えてしまった。

インドが変る、変らないの話どころではない。こっちが一変してしまっているのだから、同じ世界が同じように見えるはずがないではないか。

とは言うものの、前回とくらべて年月がたった自分の目と心に、とりたてて成熟した感想がなかったことは驚きである。

人間は年をとるにしたがって駄目になっていくのか。そうではない、という説をよく耳にする。記憶力はおとろえ、反射神経は退化しても、老いとともに実る豊かな世界がある、という見方だ。

物忘れはひどくなっても、智恵というものが身についてくるのではないか。智恵は知識とはちがう。もっと深い大事なものだ。などと自分で自分に言いきかせたところで、やはり生命のエントロピーを感じないわけにはいかない。

自然の原理であるエントロピーを、日々おのずから修復する働きが人体にはある、とかつて、専門家から教えられた。それはすばらしいことだ。しかし、究極のエントロピーを避ける道はどこにもない。すべてのものは変化する。変化してどうなるのか。死後の世界は？

こういった質問にブッダは答えようとしなかったという。「無記《むき》」という表現でそれは伝えられている。

ヒンドゥー教という大海のなかで

形而上《けいじじょう》的な、というか、抽象的な議論のための議論を、ブッダは無言で拒否した。空想で、自分の体験しえない世界のことを語ったりすることを、ブッダは語ろうとしなかったのである。だからブッダが生きていた当時は、仏教という宗教はなかったのかもしれない。ブッダの教えと、その教えにしたがって生きようとする人びとがいただけの話だろう。

やはりすべてのものごとは変るのだ。ブッダの教えたことも、歳月とともに変化してゆく。

良く生きるための教えが、宗教になり、最盛期は国教ともなった。仏教が高度化していくなかで、やがて仏教はおとろえていくことになる。

イスラム教の時代があり、ヒンドゥー教の復興があり、そしていまインドではほとんど仏教は消滅した、というのが一般の説だ。案内書などを見ても、仏教徒は人口の〇・四パーセントから〇・八パーセント程度であると説明されている。

ほとんど変らぬインドの外見と裏腹に、私が今回の旅で感じたのは、インドではいま仏教が変りつつあるという実感だった。

インドはヒンドゥー文化の国だ。ヒンドゥー教は宗教であると同時に、道徳であり、社会制度であり、生活習慣であり、風俗文化である。ヒンドゥー教は、インド人の大半の生活そのものだと言っていいだろう。

ヒンドゥー教は、海のように広大な宗教である。すべてを飲みこんで平然としている。ヒンドゥー教徒にしてみれば、ブッダも多くのヒンドゥーの神々の化身の一人にすぎない。

こんどの旅で会った村の人びとは、

「わたしたちはブッダを尊敬している。彼は偉大な存在だ」

と、口々に言った。しかし、彼らはまごうことなきヒンドゥー教徒たちだった。そのへんのゆるさ加減がヒンドゥー教文化の底なしの大きさだろう。なんでも飲みこんでしまう大蛇《だいじゃ》のような宗教なのだ。

しかしいま、そんなヒンドゥー世界のなかで、ヒンドゥー教から仏教にはっきりと改宗する人びとが続々とでてきたのである。

差別廃止に生きたアンベードカルの最期

そもそもの始まりは、アンベードカルという人物の登場によって幕があがる。インドではよく知られたアンベードカル博士は、わが国では山際素男《やまぎわもとお》氏の著作で紹介されるまでは、ほとんど無名の存在だった。

アンベードカルは、一八九一年に生まれ、一九五六年に世を去った。明治生まれで戦後に亡くなった人、と言えばわかりやすいだろう。

彼はインドで最下層の不可触民の出身だった。不可触民というのは、俗にアンタッチャブルとも呼ばれる最底辺の被差別民である。

そのなかから、どれほどの労苦があったかは想像するしかないが、アンベードカルは世にでた。イギリスやアメリカに学び、学位と弁護士の資格をとる。帰国して差別撤廃の政治活動をつづけ、インド独立後は、最初の法務大臣をつとめた。現在のインド憲法は、彼の起草したものという。

しかし、法務大臣であり、憲法の生みの親でありながら、彼はつねに露骨な差別をうけつづけた。役所のなかでさえも、驚くべき差別があったという。

アンベードカルは、憲法で社会的差別を廃止することを宣言した。インド憲法では、国民に階級はないことになっている。

だが、ヒンドゥー文化は、階級と職業カーストによって支えられている構造でもある。成文化した憲法で否定しても、人びとの心の底まで左右することはできない。

ついにアンベードカルは、制度ではなく心の改革によらなければ、差別はなくならないと考えるようになる。そして、みずからヒンドゥー教徒であることを捨て、仏教徒として改宗宣言をするにいたる。

ブッダは人はみな平等である、と教えた。アンベードカルは、その教えに帰依《きえ》して、多くのヒンドゥー教徒とともに、大改宗集会をひらいた。四十万人のヒンドゥー教徒が、その会に集り、一挙に仏教に改宗したのだそうだ。

アンベードカルは、惜しくも改宗したその年に世を去った。彼のなきがらは、不可触民出身であることを理由に、一般市民の火葬場で荼毘《だび》に付すことを拒絶され、海岸で焼かれた。いま、その場所にアンベードカルの廟があり、訪れる仏教徒の姿が絶えない。

そしていま、インドの仏教が変っている

こんどの旅で、私はそのアラビア海に面した廟を訪れた。そして、アンベードカルの遺志をついで、インド新仏教徒の信望を一身にあつめる一人の僧と会った。

その僧の名は、佐々井秀嶺《ささいしゅうれい》師という。日本人である。インドの仏教徒は、彼を菩薩《ぼさつ》のように尊敬している。インドへやってきて四十四年、日本に帰国せずに仏

教復興の日々を送ってきた。

「いまインドで仏教徒の数は、いったいどれくらいなんでしょう」

と私がきくと、佐々井師は淡々と、

「八千万か、それ以上はいるでしょう」

と言った。私は一けたちがう数と聞きまちがえたのかと思ったが、そうではなかった。

インドは奥の深い国だ。国勢調査とか、統計でおしはかることのできない部分がある。不可触民の人口さえ、実際のところは正確にわかってはいない。底なしの沼をのぞきこむような感じさえする。

ヒンドゥー文化の国で、まっこうからヒンドゥー教と対立し、階級差別と闘いながら、佐々井師がテロの標的とならずにきたのは、目に見えない流砂のような無数の民衆が、佐々井さんを守っているからだろう。

社会改革をめざすような仏教は、仏教ではないという意見もあるはずだ。アンベードカルも、ずっとそのような批判の嵐のなかにさらされていた。

仏教は心の平安の問題である、と私も思う。アンベードカルもそう考えたにちがいない。不可触民を動物のように差別するのは、人間の心の問題だと。

憲法でどうにもならなかったのは、人間の心だ。だからアンベードカルは、人びとの心に語りかけようとした。それがヒンドゥー教から仏教への改宗運動だったのではあるまいか。

ブッダは争うことを避けた。戦うことをしなかった。だが、それまで世の中を支配していたバラモンの教えには、はっきりと反抗した。人間はみな平等である、と宣言した。盗賊にも、娼婦《しょうふ》にも教えを説き、生涯の大半をさまざまな階層の人びとに語りかけながら、旅の途中で死んだ。

いまインドには、姿なき仏教徒のエネルギーが、地熱のように静かに広がりはじめている気配がある。インドでおとろえた仏教は、二十一世紀にふたたびインドに再生するのかもしれない。そして、仏教そのものも、常ならぬ世の、常ならぬ世界の一つとして、変化しつづけていくのではあるまいか。ブッダの説いた教えが、はるかにこの国に伝わって、大きく変貌《へんぼう》してきたように。

すべては変る。それが変らぬ真理のありようなのかもしれない。古いインドの写真を見ながら、そう思った。

広州から韶関《しょうかん》へ酷暑行（一）

暑い。

広州《こうしゅう》の地に降りたった第一印象はこれだった。

なまはんかな暑さではない。熱気と湿度で目がくらみそうだ。

「すごいね。きょうは何度ぐらいですか」

「三十度から三十五度とかいってますが、体感温度はそんなもんじゃないですね」

と、地元のコーディネイターは平然としている。なんでも三十七度をこすと、工場の労働者は休んでいいのだという。それで公式の発表は低目になりがちだという話。冗談まじりのゴシップだろうから、本当かどうかは確めようがない。

戸外の暑さはなんとか我慢できる。問題は室内の冷房だ。香港《ホンコン》あたりもそうだが、とにかくガンガン冷やす。寒いくらいに冷房をきかせるのがサービス、という感覚にはどうもついていけない。

広州から特急電車だと香港まで二時間弱で着くという。なるほど、暑いわけだ。未来都市のような空港から、広々とした高速道路を走って、広州のホテルにチェックインすると、すぐ部屋の冷房を切る。寒気はとまったが、こんどは湿度がすごい。ジャケットの下にセーターを一枚着こんで、ふたたび冷房のスイッチを入れる。

そもそも中国医学の根本は、体を冷やさないことではなかったのか。むかしは体が冷えるからと、冷やしたビールさえ飲まなかったのが中国人である。何十年か前、大連《だいれん》で温《おん》ビールというのを供されて仰天《ぎょうてん》したこともあったのに。

「最近は広州の人たちもキーンと冷えたビールのうまさをおぼえたようですね。乾杯といえば以前は白酒《パイチュウ》でしたが、いまはビールかワインがもっぱらです」

とは広州駐在の旧友、小池《こいけ》氏の話。

世界は変る。一瞬にして。

はじめて見る広州の空港の超近代的な景観にど胆をぬかれたあとは、なにがどうでてきたところで驚くことはない。ホテルのアーケードには、欧米の有名ブランドの店がのきをつらねている。東京よりはるかに高価だったことには、ちょっと驚いた。

インドの禅　中国の禅

広州にやってきたのは、寺をおとずれるためであった。中国禅の源流をたどろうというのが、その時の旅の目的だ。

「食は広州にあり」

とは、あまりに知られた文句である。しかし、

「禅は広州にあり」

とも言えそうだ。

およそ二千数百年前、インドのガンジス河流域で広まったブッダの教えが、大きなうねりとなってアジアの各国へ伝わっていく。

ブッダが本当のブッダ（悟《さと》りをえた人）となったのは、苦行のあとに里にでて、樹下に坐り、瞑想《めいそう》のなかで真理を悟ったときである。

この坐って瞑想するという行《ぎょう》のやりかたは、古代バラモン教のヨーガの方法でもあり、また旧バラモン教に反旗をひるがえした自由な放浪行者（沙門《しゃもん》）たちの修行のスタイルでもあった。仏教はその出発点からして、いわゆる坐禅《ざぜん》と共にあったと言っていい。

坐禅と瞑想、そして托鉢《たくはつ》と遊行《ゆぎょう》というのが初期の仏教者のライフスタイルだったのである。

この禅的仏教が、中国へわたって劇的に変る。インドの仏教が中国で中国仏教となったのだ。中国仏教として自立したことで、仏教は中国に根づいた。

変ったことで再生し、生き続けたのだ。

仏教の根本理念からすれば、仏教も永遠不変の教えではない。そこをつらぬく真理（法《ダルマ》）は生き続けても、その姿は変るのだ。

時代とともに変る。伝えられた風土と習俗のなかで変る。変らぬものは枯れる。根づくことができない。

テレビCMに心頭過熱

中国で変り、成熟した禅仏教を、日本からやってきた優れた才能が学んだ。栄《えい》西《さい》や道元《どうげん》である。また中国から日本へはるばるやってきた名僧たちもいた。彼らによって日本に中国の禅が伝えられる。

そして、ここが興味ぶかいのだが、日本という異国に運ばれた禅仏教は、この列島に根づき、見事に成熟して今も生きている。

生き続けたということは、変って生きたということだ。すなわち日本の禅として再生したのである。

インドの禅。中国の禅。そして日本の禅。

なにが伝わり、どこが変ったのか。それをこの目で確めるために、中国禅の故地、広東省《カントン》へやってきたのだ。広州の寺をたずねたあと、鉄道で韶関《しょうかん》という街へいく。そこで南華寺《なんかじ》と大鑑禅寺《だいかんぜんじ》という二つの寺をおとずれる。

それにしても暑い。そしてビルの内部にはいれば寒い。心頭を滅却すれば暑さ寒さは屁《へ》でもない、と、むかし読んだ本にあったが本当だろうか。

あすは六祖大師《ろくそだいし》ゆかりの光孝寺《こうこうじ》という寺をたずねる。今夜はすこし早く寝なければ。

ところがふだんの習慣で午前零時をすぎても眠りがおとずれてこない。しかたなしにテレビをつける。

なんだかやたらとコマーシャルが続く。それも健康に関するもののオンパレード。

男科というのは、男性のための医療のCMらしい。性器の形成の広告もある。前立腺《ぜんりつせん》肥大の六悪という紹介もある。身長を十センチのばすという器具の宣伝。中国禅源流の地にしてはリアルである。いや、南宗禅《なんしゅうぜん》の本質には、このような中国南方の生活感が生きて流れているのかも。

朝になってようやく眠った。

広州から韶関へ酷暑行（二）

暑い。

禅寺をたずねる者が、そんなことでどうするかと自分を叱咤《しった》しつつ光孝寺へ。ビルの乱立する広州の街も、一歩裏通りへはいれば、緑の多い中国南方の町が続く。

光孝寺の附近は、いかにも門前町という感じだ。派手な色の線香の束《たば》や、仏像、切り紙細工などを売っている店の片隅に、ピンクのブラジャーが山積みになっていたりする。

光孝寺は、六祖慧能《えのう》にゆかりの深い寺だ。五祖弘忍《こうにん》から衣鉢《えはつ》をついだ人物は、その後ながいあいだ地方の民衆のなかにまぎれて身をひそめていた。

同門の修行僧たちとの衣鉢をめぐる無用の摩擦を避けるため、ともいわれるし、また六祖としての基礎的な勉強をし直すための日々、ともいわれている。

その彼が六祖として劇的に登場したのが、この光孝寺だ。当時は法性寺《ほっしょうじ》といった。

晴れた初夏の朝である。当日は高名な印宗禅師が法話をおこなうことになっており、門前には群衆があつまっていた。

風がつよく、空にかかげられた幡《ばん》がしきりに揺れている。幡というのは、法要や式典の場をかざる細長い旗《はた》のようなものである。

その旗が風になびいてはためくさまを見上げて、僧たちが議論していた。ある僧は、

「あれは旗が動いているのだ」

と言い、また別の僧は、

「いや、あれは風が動いているのだ」

と言いはる。まあ、どうでもいい議論だが、禅の世界にはこういった問答が少くなかったのだろう。

その議論が白熱して盛りあがったところへ、ひとりの小男が割って入る。風采《ふうさい》はあがらぬ人物だが、どこかに人を圧するオーラを発していたらしい。

「どちらもまちがっている」

と、彼は言った。一瞬、人びとはしんとなったにちがいない。

「あれは風が動いているのでもなく、旗が動いているのでもない。それを見ているあなたがたそれぞれの、心が動いているのだ」

この言葉に全員は唖然《あぜん》とし、また、なるほどと深く感じ入るところがあったという。なんだかちょっとわざとらしい話だが、そこが伝説のおもしろさだろうか。

「頓悟」と「易行」の間に

そんな一幕があって、ただ者ではないと認められた人物は、住持の印宗禅師に招かれる。そして五祖弘忍から六祖として衣鉢をさずけられた正統の後継者であると判明するのだ。

それまで彼は正式の僧ではない。皆は彼のことを盧行者《ろあんじゃ》と呼んでいた。光孝寺、当時の法性寺こそ彼が正式に出家として公認された寺なのである。

寺には内庭に大きな菩提樹《ぼだいじゅ》があった。その下で得度した彼は、はじめて達磨《だるま》大師の流れをくむ六代目の祖となり、慧能と名乗る。三十九歳であったというから、若い。

しかし、五祖弘忍から認められ、衣鉢を授けられたのは、それよりはるかに早く、二十四歳のときである。まことに頓悟《とんご》そのものだ。

現在の光孝寺は、そんな慧能禅師のまさに出発点であるといっていい。

その後、彼は曹渓《そうけい》におもむき、宝林寺《ほうりんじ》をベースキャンプとして伝道布教の活動を続けた。全土から慧能に学ぼうとする学者や僧侶が、大挙しておしよせたという。

慧能の禅の特長は、「頓悟」という主張にあった。厳しい修行をつみ重ね、歳月をかけて徐々に段階をへて悟りに近づく「漸悟《ぜんご》」とは対照的である。

人は日常生活や労働などの作務《さむ》のなかからも、すみやかに見性《けんしょう》に達することも可能だとする「頓悟禅」の考えかたは、どこか法然《ほうねん》の「易行《いぎょう》」と重なる感じがある。

彼自身が米搗《こめつ》き作業のなかで何かをつかんだという体験もあるだろう。出身が地方の貧民であったこともあるだろう。しかし、慧能がめざしたものは、専門化された宗門のなかだけでなく、広く農民や庶民の暮しの間に禅仏教を根づかせることではなかったか。

南宗禅といわれる慧能の禅の背後に、なにか野太いものを感じたのは私の錯覚だったろうか。

うちわ片手の坐禅

光孝寺は落ちついたいい寺だった。おまいりにくる人びとのなかには、若い女性も少くない。

人民中国における禅寺の立場を思えば、いささか不思議な感じさえする。

光孝寺で夕方、坐禅の様子を拝見した。これがなんとも意外な風景で、正直わが目を疑ったものである。

時間になると、三三五五といった感じで、黄衣《こうえ》を着た僧たちがあつまってくる。

堂内で渦を巻くように回りながら、しばらく動いているうちに、壁際の縁側のような場所に坐《すわ》る。まことにリラックスした姿勢で、猫背の僧もいれば、頬杖《ほおづえ》をついた僧もいる。それぞれ大きな丸いうちわを手に、ゆるゆるとあおぎながらときどき体をゆすったりする。

堂内は暑い。蚊もいる。アブもいる。みんな生きた仲間たち、といった感じ。うちわをゆるゆる動かしていた手が、ふととまる。自然に瞑想に入っていくのだそうだ。そのうち深い瞑想にふけっていると見えた僧のうちわがゆるゆると動きだす。こちら側へ帰ってきたのだろうか。意識の扉を出たり入ったりしているようにも見える。

ずっとあぐらをかいたまま、目を閉じない僧もいる。なんというゆるさ。なんという自由さ。

ボコッと木魚が鳴った。どうやらその日の坐禅はこれで終りらしい。これでいいのか、と思いつつ、うむ、これでいいのだ、という感じがした。うーむ。

広州から韶関へ酷暑行（三）

私は晴れ男といわれている。

全国百の寺を巡拝した折りも、いつも天候には恵まれたものだった。当日の朝まで雨や風が荒れ狂い、どうなることかと皆が心配していたのに、私が現地に到着したとたん嘘《うそ》のように空が晴れたりするのである。

今回の中国も、数日前までは天気がぐずついていたらしい。ところが、私が着いた日からカンカン照りが続いた。

中国大陸の気候は、その自然とおなじく、すこぶる苛烈《かれつ》である。おなじ暑さでも、白酒《パイチュウ》のごとくストレートに激しい。暑さのアルコール度が高いとでもいうべきか。

この暑さでは、坐禅の修行もデレリンと軟化するのは当然だろう。広州の慧能《えのう》ゆかりの名刹《めいさつ》、光孝寺《こうこうじ》での坐禅風景を見て、最初こそエッと驚いたのだが、やがて自然に納得できるようになってきた。

坐禅。

この言葉を前に、ふつうの人が連想するイメージには、たぶんひとつのパターン化された風景が存在するようだ。

私の場合は、まず、

「寒い」

という感じ。永平寺《えいへいじ》で白人の修行僧のはだしの踵《かかと》がアカギレでひび割れ、血がふきだしていたことを思いだす。永平寺のある福井のあのあたりは、冬はじつに寒気が厳しい土地なのである。

新人作家のころ、文藝春秋《ぶんげいしゅんじゅう》の体験取材で、ごく短い間だったが永平寺で修行の真似事をした。そのときの印象が、四十年以上たってもいまだに抜けないらしい。

「辛《つら》い」

と、いうのも、その折りの記憶である。おしゃべり好きの九州人にとって、終始、無言でいることほど辛いことはない。

風呂に入っていても沈黙。ものを食べるときも無言。沢庵《たくあん》を噛《か》んで音をたてたら、ジロリとにらまれた。音をたてずに奈良漬けや沢庵をどう噛むか。しばらくしゃぶっていて、のみこむしかない。要するに何事につけ厳粛なのである。もちろん坐禅のときの雰囲気もそうだ。そしてもうひとつ、

「怖《こわ》い」

なにが怖いのかときかれても、うまくいえない。ただ、なんとなく緊張するのである。

寒い、辛い、怖い修行

日本の禅というものに、そんな偏見を抱いてしまったのは、私のひねくれ根性のせいだろう。

若い連中がだらだら仕事をしているのを見ると、

「もうちょっとシャキッとせんかい！」

と、どなりたくなるくせに、あまりにシャキッとした凜凜《りり》しい厳粛な世界を眺めると、

「なんやらしんどいのう。ひとつ気楽にいきまっしょい」

などと斜にかまえたりする悪い性格がある。

寒い。辛い。怖い。禅に対してこんな偏《かたよ》った印象を抱くのは私だけかもしれない。


「慧可断臂《えかだんぴ》」という話がある。慧可は達磨大師のあとを継いで、中国禅の第二祖とされる人だ。

この僧が達磨に入門を乞《こ》うたときの故事にまつわる話である。

弟子にしてほしいと何度たのんでも達磨の返事はNOだった。そこで慧可は、自分の左臂《ひじ》を刃物で切断して決意の固さを示し、ようやく入門を許されたという。

このエピソードはすこぶる有名で、古くから画のテーマとしてしばしばとりあげられている。しかし、この話も、なんだかなあ、という感じがなくもない。なにも自分の臂を切らなくたって、求道の赤心《せきしん》を示すやりかたはありそうなものではないか。

この話をはじめて聞いたときの私の印象は、

「怖い」

と、いう感じだった。太股《ふともも》を刺すか、指をツメるかするのなら、まだわかる。どうも臂を切るというところが感覚的に痛いのである。

そんなわけで、私のなかには長年、禅とか坐禅とかいった世界に対して、寒い、辛い、怖い、という三点セットがしっかりと刷り込まれてしまっていた。

それがこんどの中国での坐禅見学で一挙に転換してしまったのだった。

暑い、ゆるい、楽しい禅

以前、久留米《くるめ》の梅林寺《ばいりんじ》で雲水の修行の一端をかいま見る機会があった。九州にはめずらしい大雪の日で、托鉢から帰ってくる雲水たちのはだしの足は、雪と泥にまみれていた。

私はその日、四十年ちかく安逸に日を送ったわが生活に痛棒《つうぼう》をくらったような、爽《さわ》やかなショックをうけた。

そのときと逆の意味で、こんど光孝寺でのぞき見た中国禅の世界はショックだった。

こんなのんびりした坐禅があるのだな、と驚き、酷暑のなかでゆるゆるとうちわを使いながら坐っている黄衣の僧たちのくつろいだ姿に、梅林寺とはまた別な感動をおぼえたのである。

六祖慧能がおこした中国南宗禅は、農民、庶民のあいだにも広まり、根づいたという。彼が大鑑禅寺《だいかんぜんじ》の境内でおこなった法話の催しには、宗門の関係者ばかりでなく、多くの一般市民が蝟集《いしゅう》したと伝えられる。

そのときのスピーチを土台にした『六祖壇経《ろくそだんきょう》』は、いま漫画本や外国語訳となって広く人びとに愛読されているらしい。武家階級、知識人のあいだで成熟していった日本の禅と、どこか感触がちがうのは当然だろう。

カメラもつ旅もたぬ旅日記（一）

二度目の中国旅行の際に大失敗をやらかした。

毎回、旅にでる前には、必ず点検をおこなうことにしている。電車の運転士がやる、例の行事である。

「眼鏡、よーし。洗面具、よーし。目覚し時計、よーし。財布、よーし。筆記用具、よーし。パンツの替え、よーし。電子辞書、よーし。携帯電話、よーし」

などと、指で示しつつ声をだしておこなう。インド旅行の際など、

「蚊取り線香、よーし。懐中電灯、よーし。下痢どめ薬、よーし」

と、いった調子。

それをついうっかり忘れて出発したのだ。最近、買ったばかりのデジタルカメラを、充電器にのせたまま部屋をでたのである。

時間がせまっていたので、いつもの点検をパスしてしまったのが間違いだった。

上海《シャンハイ》に着いて、アッと声をあげて驚いたが後の祭り。

上海はじつに六十数年ぶりであった。小学生（当時は国民学校生徒だった）のとき、夏休みに父親につれられて、はじめて上海へ旅行したのだ。昭和十八年ごろではなかったかと思う。

それ以来だから、六十年以上が経過している。上海の最近の激変ぶりは、つとに耳にしていた。そんな活気のある街なら、しっかり撮影してこようと張り切りすぎたのが失敗のもと。

わざわざバカ高い2ギガのカード二枚に、バッテリーのスペアまで買いこんで、とりあえず目につくものを片っぱしから撮ってこようと思っていたのが、見事空振りに終ってしまったのだから泣くに泣けない。

いまさら空港の免税店で新しいカメラを買う気もしない。なにしろ自宅の引出しのなかには、ほとんど使っていないデジカメが山のように積み上っているのだ。

あのデジタルカメラというやつは不思議なもので、新しいのがでると、どうしても買わずにはいられないところがある。六百万画素から八百万画素、さらに一千万画素の手ぶれ防止システムつき、などと数ヵ月おきに新製品が登場するたびに、つい手がでてしまう。実際に使ってみると五、六年前に購入した古い機種のほうが、かえって使いやすかったりするのだが。

身軽な旅も悪くない

結局、こんどの中国は一枚の写真も撮らずに帰ってきた。上海の夜景は絵葉書きみたいにきれいだったが、まあ、写真に撮っても撮らなくても、同じような気がした。美しい映像が見たければ、プロの写真家たちがくまなく撮りつくしているではないか。

それよりも、カメラをもっていかなかった気楽さのほうが、はるかにプラスだったように思う。

あ、この風景、この瞬間をしっかり記憶しておかなければ、と心が波だつのである。

印象的な光景にであうと、あわててカメラをとりだすわずらわしさがない。カメラで写すことで人は安心する。その一瞬を心に焼きつけておこうとする気持ちがうすらぐのだ。

構図を考える。光の具合いを補整する。広角だと迫力がないから少しズームにしようか、などと工夫する。そんなことに心をうばわれている間に、もう次の場所に移動している。

一期一会、という感覚が失われるのがカメラを携帯することのマイナスだ。私があえてデジタルカメラを使うのは、メモがわりに適当に撮っておこうと決めたからである。デジタルカメラを使う場合は、一切なにも考えない。片手でいい加減にシャッターを押す。ブレようが構図が月並みだろうが、一切関係なし。どんな場面でもフラッシュは使用せず、ズームも使わない。ファインダーや液晶画面などは、のぞきもしない。

記憶の糸口になればそれでいいのだ。ほんとうの画像は、自分の心に焼きつけておく。

カメラを忘れてもっていかなかった今回の旅は、それはそれで肩の荷物をひとつおろしたような身軽な気分だった。上海ではずいぶん映像的な風景やシーンにであったが、それがデジタルなメモリーとして残っていないことに口惜しさはない。カメラをもたずにいく旅というのも、また悪くないものである。

三台もてばどうなるか

上海から帰国して、こんどはタイ航空でバンコクへむかっている。そこから飛行機を乗りかえて、ブータンの空港へ飛ぶのだ。

前回の中国旅行の失敗にこりて、こんどは出発前から何度も荷物の点検をした。試みにデジカメも三台もっていくことにした。カメラをもつ旅と、もたぬ旅と、どちらが納得がいくかをためしてみようと考えたのである。

もっともハンディーで軽いカメラを一台。これは前後左右あらゆるものをメモするための道具である。

バッテリーの耐久力に定評のある中型機を一台。

そしてズームなしの、やや重さのあるリコーの無骨なカメラを一台。こっちはバッテリー切れの際に単三の電池が使えるのが便利なのだ。古い機種だが手荒く扱ってもこわれないところが実用的なのである。

さて、三台もカメラをもって旅をするのはひさしぶりだ。私が若いころ、はじめてロシア・北欧の旅にでたときも、三台抱えてでかけたものだった。コンパクトなハーフカメラ一台。大枚をはたいたコンタックスを一台。そしてゴロゴロともち運びにくい旧式のローライコードを一台。デジカメなんかない時代だった。

さて、こんどのブータンの旅はどうなりますやら。

カメラもつ旅もたぬ旅日記（二）

目が覚めたらブータンだった。

きょうはバンコクからの早朝の便に乗るために、午前三時半に起きたのだ。コルカタ経由でブータンのパロ国際空港に着陸寸前まで白河夜船《しらかわよぶね》だった。余計なことだが、「白河夜船」とは、前後不覚に眠りこむことをいう。先日、若いスタッフと一緒のときに、

「ちょっとバタくさい感じだな」

といったら、

「バタくさい、って、なんですか」

とけげんな顔をされた。それ以後は、つとめて余計な解説をくわえるくせがついてしまった。しかし、それもよしあしである。「赤線地帯」という言葉を解説しようとしたら、

「それくらい知ってますよ。外国人旅行者が近づかないほうがいいデンジャラス・ゾーンのことでしょ。たとえばイスタンブールあたりだと――」

と、逆にいろいろ教えられてしまったことがある。重ねて余計なお世話であるが、「赤線」というのは、戦後から昭和三十年代はじめごろまで各地にあった売春ゾーンのことだ。外国の話ではない。

「あ、わかった。つまり吉原《よしわら》ですよね」

「いや、吉原は赤線とは言わなかったな。新宿二丁目は赤線、花園《はなぞの》のあたりは青線です。ま、どうでもいい話だけど」

さて、話はもどってブータンである。

タラップを降りると、よだれのでるような被写体が目の前に出現した。

最近の国際空港は、中国でもヨーロッパでもとびきり機能主義的な軽金属ガラス製の超近代建築が多い。ピカピカで、軽薄で、どこか人間的な温か味にかける。

しかし、パロの空港は、それと正反対だ。ブータンカラーに鮮かに染めあげられた、ちょっと目には大きな寺院のようにも感じられる古風なターミナルにギョッとする。

どこまでも青い山々の間に忽然と浮かびあがったその風景は、まさに外国人旅行者がイメージする桃源郷にぴったりである。

「ここまでやるか」

という感じもなくはないが、それがイヤ味にならないところが仏教国ブータンのお国柄だろう。

高山病の注意を忘れて

気持ちのいい風が吹いている。空気はあくまで澄んで、滑走路のすぐむこうでは牛たちがのんびり草をはんでいる。自動車のクラクションもきこえず、周囲の山々の中腹に白い雲がかかっている。

一瞬、頭の中のネジが全部いっぺんにゆるんだような感覚のなかで、突然被写体という言葉がフラッシュのようにひらめいた。

そうだ、このシャッター・チャンスをのがしてはならない。

大いそぎでバッグの中からデジカメをとりだす。液晶画面には、じつに面白味のない平面的な風景が写っている。やたら広角レンズを採用するせいだ。見た目と全然ちがう迫力のない画像にがっかりする。ズームにしたり、もどしたり、えい、面倒だとばかりに投げやりにシャッターを押す。

最近のテレビのカメラもそうだが、人間の目にはるかにおよばないのがレンズというやつだ。胸突き八丁の急階段を撮っても、ゆるやかな石段に写るし、のしかかるように巨大な寺院の屋根も妙にフラットに見えてしまう。

もう一台のカメラをバッグからとりだそうと苦心しているうちに、脇《わき》にはさんだ小型カメラを地面に落っことしてしまった。

とりあえずメモがわりにパチパチ撮って、ターミナルへ急ぐ。ふと気がつくと、頭の調子がおかしい。手足も重いし、息も苦しい。なんとなくふらつくような感じがする。あれほど事前に周到な準備をしていたのに、高地に着いたことをすっかり忘れてしまっていたのだ。

私の年来の持病は片頭痛である。気圧がさがるのを感じると、すぐに体調がおかしくなる。血管が拡張しやすい体質らしい。高度千メートルをこえると、敏感に体が反応するのだ。

ブータンは山国だとは知っていた。この国では三千メートル級の山はマウンテンとはいわず、ヒルと呼ぶ、などと出発前におどされてもいたのである。

絶好の被写体ばかり

ブータン唯一の空港であるパロは、すでに二千二百メートル以上ある。当然、空気も薄く、気圧も低いはずである。

いきなり飛行機からおりて、急いでカメラをだしたり、被写体のアングルを工夫したり、ボストンバッグ片手にあちこち気ぜわしく動いたりすべきではなかったのだ。

つとめてゆっくり動くように、しゃべったり笑ったりも控えるようにと、出発前に注意されていたはずではないか。

「ふつうの人には大したことのない二千メートル級の高度でも、イツキさんのように気圧に敏感なタイプは高山病になりやすいですから、気をつけて」

と、知人の医師に警告されていたのである。パンダのように緩慢に動くべし、と自分にいいきかせていたのに、入国第一歩から失敗だ。これもカメラなんかもってきたせいだ、と舌打ちする気分。

ふらつく足を踏みしめてターミナルに入ると、室内空間すべてがブータン様式の独特のデザインである。パスポートコントロールの施設までが素朴な木造りで、なんとも親しみを感じさせる。こいつは撮っておかねば、と、ポケットをさぐって取りだしたデジカメでパチパチ。昔の日本の農村の野良着のような服を着た係官の姿もめずらしい。フラッシュをオフにして、連写、また連写。そのうち気分が悪くなってきた。

カメラもつ旅もたぬ旅日記（三）

ブータンの食事は、素朴で栄養価に富んでいるが、なんとなく単調な気がする。米は赤米と白米だ。インドや中国の米は、長米でもどこか粘り気があって食べやすかった。ブータンの米は、それにくらべると質実剛健といいますか、いまひとつ米の飯を食べる楽しみに欠けるような気がしないでもない。

定番はとうがらし料理だ。とうがらしを味つけに使うのではない。とうがらしそのものを煮込んだもので、もちろん辛い。ピリッと辛いのではなくて、口から火をふきそうになる辛さである。赤いとうがらしもある。青いとうがらしもある。それを野菜として食べるのだ。縦に切ってチーズで煮込んであって、見た目はなかなか美味《うま》そうである。ところが、これが曲者《くせもの》で、すさまじい辛さを発揮する。それも当然だろう。とうがらしそのものを食うのだから。

サラダも凄《すご》い。タマネギ、ショウガ、トマト、そしてとうがらしを刻んだやつを、塩とサンショウで仕上げる。これまた世界の辛い料理のランキング上位に楽々ランクされそうな実力。

持参したデジカメでパチパチ撮ってたらシャッターの具合いがおかしくなった、というのは嘘だが、あとで液晶画面に再生しただけでもズンと脳天にシビレが走った。

ソバ粉でつくったパンケーキもある。ちょうどこれからがソバの花のシーズンらしい。山間の村の道ぞいに美しい桃色のソバの花畑が続いているのは、なんともいえないのどかな風景だが、ソバのパンケーキは、あまりにも質朴な味で、ブータン料理の名物として推賞するにはためらいがある。

要するに私たち平成ニッポン人の味覚が、すれっからしになっているということだろう。もうちょっと味に奥行きと変化がほしいなどと、敗戦後の同胞諸君が思っただろうか。知らず知らずのうちに贅沢になれてしまった自分を深く反省しつつパチリパチリ。

シャッターを切る音をパチリと表現したのはイージーであった。デジカメはパチリとはいわない。シャッター音をＯＦＦに設定しているために、忍者のごとく無音である。頼りないことおびただしい。

写真撮って朝食とらず

年をとるにつれて旅の記憶があいまいになってくる。きのうの夕飯に何を食べたか、どうしても思いだせないこともある。認知症のはじまりかもしれない。それをカバーするためにデジカメを持参したのである。要するにぼんやりとでも写っていさえすればいいのだ。メモのかわりと考えればいい。

それをこの時は、ついアングルとか、ホワイトバランスとかを考えてしまった。上から撮ったり、横から撮ったり、ナプキンを使って光を反射させたりと、小細工をするからほかのことがおろそかになる。

「食べるときには、ひたすら食べるがよし」

という言葉が頭に浮かんで、カメラをバッグにしまった頃には、せっかくの料理が冷めたくなっている。

「あと十分で出発でーす」

と、スタッフが催促する。私の大好物のモモが、いつのまにか皿の上から消えている。このチベット風蒸し餃子は、アジア共通の味で、それほど辛くもない。

席を立つとき、壁にかかっている写真に目がいった。国王と四人の后《きさき》のポートレイトだ。国王を中心に右に二人、左に二人、四人のお后が仲むつまじく並んでいる写真である。ほのぼのと温かい雰囲気が感じられて、スタッフに感想をのべたら、

「四人とも姉妹なんだそうですよ」

と教えられた。なーるほど。

早速、撮影しようとカメラを向けるが、額のガラスが反射してうまく撮れない。フラッシュをたくとボケボケになるし、自然光だけでは薄暗い画面になって、ほのぼの感がでない。

「なにしてるんですか。はやく車にのってください」

背後からの声にあわてて外に駆けだす。思えば撮影に気をとられて、ろくに朝食もとれていない始末だった。

お国柄を撮れるのか

目のくらむような断崖絶壁《だんがいぜっぺき》の道をひたすら走る。インドでは車の移動で死ぬような思いをあじわったが、ブータンはもっと凄い。死にそうどころではない。すでに自分は死んで地獄におちたのではないかと感じるほどだった。

ヘアピンカーブ、S字カーブ、Uターンをくり返しながら三千メートル級の峠道を、かなりの速度で登り、かつ降りる。たえず左右に振られる胃は、とっくに死んでいる。脳がからっぽに感じられるのは、酸素が薄いせいだろう。ローリング、ピッチング、なんでもありのサバイバル走行だ。

そんななかでもカメラを片手に、ひたすらシャッターを押しつづけるのは、どういうわけか。

急ブレーキ。牛が正面からこちらをにらみつけている。ドライバーが手を振っても動こうとしない。こういう場面で感心するのは、ドライバーがクラクションを鳴らしたり、エンジンをふかしたりして牛を威嚇したりしないことだ。

軽く手を振りながら根気よくお牛さまが道をゆずってくれるのを待つその姿勢に、仏教国ブータンの気風を見たように感じた。生きものに優しい国なのである。命あるものすべてを自然に大切にする雰囲気がこの国には漂っているようだ。

牛の表情を撮っておこうと、またカメラをとりだす。気がついたらバッテリーがあがっていた。これだからなあ、モー。

ブータンそろりそろり

旗

ブータンのそこかしこにひるがえる旗がある。白いのぼりのような旗だ。山の中腹に、道のかたわらに、そして民家の庭にも風にはためく白い旗が立っている。むかしの芝居小屋の前に見られたのぼりとは、どこかちがう。一種、独特の宗教的雰囲気を感じさせる旗なのだ。

白く、薄い布には、細密な経文《きょうもん》がぎっしり刷りこまれている旗もあり、また、ただの白い布の場合もある。野ざらしの旗なので、風雨にさらされて薄汚れてしまったり、裂けかかっているものもある。

この旗をダルシンというそうだ。ダルが旗の意味らしい。霧の中に白いダルシンが林立している風景は、仏教王国ブータンならではの眺めである。そこにこめられた人びとの祈りが、風にはたはたと鳴っている。

人

ブータン人をひとことで素朴な人というのは、あまりにも無邪気すぎる見方かもしれない。しかし、この国の人びとは、どことなく正直で、誠実であるように思われた。それでいて、よく冗談を言う。若い人たちはことにそうだ。車のハンドルをにぎりながらも、すれちがう娘たちに大きな声でなにか叫ぶ。

「なんと言ったんだい」

と、聞くと、

「愛してるよ、って言ったのさ」

「知りあいかね」

「いや、ぜんぜん」

ブータンは禁煙国である。しかし、人によっては酒場でプカプカすったりもする。祭りのときには大いに酔っぱらうそうだ。民族衣装の下にTシャツやジーンズのパンツをはいていたりするところがほほえましい。

街

首都ティンプーの街には、信号がない。もっとも大きな交差点では、婦人警官が手で合図をしていた。

海抜二千メートルをはるかに超す高度なので、空気が薄く、階段をのぼると息が切れる。街の広場にはマニ車がある。赤い僧衣のお坊さんと、民族衣装を着た生徒たちの姿が目立つ。黒い犬がやたらと多い。雑貨屋さんで毛染めを売っていたのが不思議だった。

ホテルが続々と建ちつつあるのは、やがて観光立国をめざそうというもくろみか。小さな喫茶店があり、のぞいてみたら本棚に『釣りバカ日誌』が並んでいた。

「魚釣りは盛んなんですか」

と店の客にたずねたら、

「わたしたちはブディストですから、魚釣りはやりません」

と、笑顔で答えが返ってきた。

食

ブータンの食事は、ほぼ一様である。実際に家庭の料理をあじわったわけではないが、スープ、米飯、あとはとうがらしなどの煮こみ、地方によってはそば粉のパンケーキなどもでる。

　とうがらしは野菜として料理され、チーズ煮こみは毎回食卓にならぶ定番だ。味つけは素朴だが、単調というか、あまり繊細《せんさい》ではない。とにかく激辛の一語につきる。とうがらしとサンショウが主で、ほかの調味料をつかわないためだろう。それでも毎回すこしずつあじわっていると、それがないと物足りない感じになってきた。干し肉がよくでたが、歯が丈夫でないと無理だろう。

　ブータンのまつたけは、なかなかうまい。香りもある。市場で買って焼いてもらったが、九百円分で山ほどきたのには驚いた。

道

ブータンに発つ前に、

「なにしろ直線道路は五十メートルとないので覚悟していてください」

と、おどされたが、実際はちがった。街をはずれると、直線は十メートルとないのである。S字カーブ、ヘアピンカーブ、富士山の八合目あたりまで一気に駆け登り、駆け降りるのだ。目の下は千仞《せんじん》の谷。対向車とすれちがうときには、崖っぷちギリギリまで車を寄せる。

首都ティンプーから中部ブータンのトンサへ着くまで、途中の休憩時間も入れて八時間以上かかった。難行苦行のドライブである。若いカメラマンもさすがに吐き気をもよおしたらしい。なにしろ三千数百メートルの峠を二つも越えたのだ。谷に降りると、そば畠が美しい花を咲かせていた。高山病にならぬように、そろりそろりと歩く。

家

ブータンの建物は、独特の形式とカラーをそなえていて美しい。空港のターミナルまでそうなのだ。しかし、最近の建物には、なぜかトタン板を屋根に多用する傾向が目立つ。それをなんとなく味気なく感じるのは、わたしたちの偏見だろうか。

家は大きく、広い。農家などでは納屋もかねているらしい。よくわからないのは、家の壁《かべ》に、男性器の大きな絵が描きこまれているケースが目立つことだ。なかには天をつく男性器の先端から、勢いよく噴出するものまで描きそえられているものもある。

訪ねた農家の二階には、りっぱな仏間があった。毎日、仏前に聖水をそなえ、お勤めを欠かさないという。前もうしろも山また山。涼しい風が吹きとおり、野の草花が咲き乱れているさまは、まさに桃源郷といった感じがする。

市

道ばたに野菜や果物を並べて売っているのは、ほとんどご婦人がたである。青や赤のとうがらしは定番だが、ナケというぜんまいもあちこちで見た。

車のドライバーが、瓜《うり》を買ってきて、うまいから食えという。ひと口かじると、水っぽい甘さが悪くない。野良犬や子供たちや、ひまな男たちも集ってきて、なんとなく小さな祭りのような感じである。

この国では男性にいい顔をした若者が多い。ジャニーズ系の美少年をよく見かけた。それにくらべて、娘さんがたがなんとなく印象が薄かったのは、ほとんどお洒落をしないからだろうか。もちろんブータン流のお洒落を精一杯している女性にも会ったが、みんな働きものといった印象がつよかった。ブータンは母系社会らしいから、そのせいもあるのかもしれない。

ブータンの寅さんたち

ブータンは仏教国家である。

そのせいか万事につけて人びとがおだやかだ。

まあ、旅行者の印象は、しょせん通りすがりのハプニングに左右されるわけだから、いちがいには言えないが、なんとなくそんな感じがした。

禁煙が国の政策だから、街中でタバコをすう光景は見られない。だからといって、全員が禁煙しているわけでもないらしく、バーなどではスパスパすっている光景もめずらしくないという。

ブータンの若い男たちは、冗談が好きだ。口に入れると一瞬、ピリッと辛いガムなどをすすめて、こちらが驚く顔を見て大よろこびしたりする。

ブータン人は酒が大好きだという。それでも酔っぱらいを目にしたことは一度もなかった。

レストランでビールを頼んだら、

「あと二十分待て」

という。五時からしかアルコールを出せないというのだ。レッド・パンダというブータンの地ビールをよく見かけた。

話によると、一種の合コン的な歌垣《うたがき》のような男女の交流も残っているらしい。古代の日本で大流行した若い男女の求愛行動である。歌の文句が口説きになっているところが、なんとなく奥床しい感じだ。

いわゆる夜這《よば》いの風習も、農村地方では現存しているという。私が少年時代をすごした九州では、昭和二十年代の半ばごろでも、実際に夜這いをする先輩たちがいた。

ブータンでは、結婚式をそれほど大事なセレモニーとは考えていないようである。男と女の関係については、いかにも自然で、自由な感じがした。

青年がどこかの谷の村の娘を好きになる。相手も憎からず思っていい仲になると、男は体ひとつで娘の家に転がりこむ。

働きものの青年なら、娘の家でも大歓迎だ。家族の一員として暮して、子供ができて、そのうち男のほうがその暮しに飽きてくると、男はふらりと漂泊の旅にでる。勝手な話だが、そういうことがよくあるらしいのだ。

男も女もおおらかに

勝手に男が旅にでてしまうと、女のほうはごく自然に別な男ができて、家に住みつく。ブータンでは母系社会で、家の土地や財産などは、ふつう娘が相続するわけだから生活の心配はない。しかも男は一人に限らず、何人もの夫をもつ女性もいるというからたのもしい。何人男がいようと近所の人も変な目で見たりはしない。

いろんな父親の子供ができる。だれの子とか、あまりそういう面倒なことは言わない。男たちも全部自分の子のように、わけへだてなく可愛がるのだそうだ。ふらりとでていった男も、また流れついた先で好きな女ができる。そして一緒に暮し、すでに子供がいれば大切に育て、せっせと働く。

複数の妻がいても、また複数の夫がいても、それはそれで差支えないのだ。みんなで仲良く暮すことが大事なのだから。

最近ではそんなおおらかなライフスタイルも、徐々に変ってきつつあるらしい。いずれはブータンも、一夫一婦制というグローバルスタンダードに落着くのだろうか。

しかし三千メートルをこす高山がひしめく山国で、谷あいの村から山中の集落まで、気のむくままにほっつき歩くフーテンの寅《とら》さんみたいな男たちの存在には、なんとなくほっとする気持ちが感じられるところがある。渡り鳥のように流れ歩き、ゆく先々に妻や子供がいるという人生は、種田山頭火《たねださんとうか》と逆の意味で郷愁をさそうところがあるのだ。

生きものに対する優しさ

ブータンの国家経済の規模は小さく、国民総生産の額も高くはないが、税金が安く、教育費と医療費はタダだと聞いた。

この国では死んだ人のために墓というものを作らない。

輪廻転生《りんねてんしょう》を固く信じているブータンの人たちは、死者は四十九日たてば必ず転生して、この世に生まれ変ってくると考えるからだ。

ひょっとすると、道路に寝そべっている犬に生まれ変っているかもしれないし、牛が伯母さんの転生した姿かもしれない。ハエや蚊になってもどってきている可能性もなきにしもあらずだから、うかつにピシャリとはできないのである。

ブータンの人たちが生きものに対して優しいのは、そんな考えが根づいているからだろうか。私の車のドライバーは、かなり血気さかんな若者だったが、道路の中央で通せんぼうをする牛や、平然と車を無視して昼寝している仔犬たちに対して、一度もクラクションを鳴らさなかった。もちろん怒鳴ったりはしない。ハンドルから手をはなして、片手をひらひらさせながら、なにかあやすようにつぶやくだけなのだ。

こっちは時間に追われているせいで、カリカリしていても、困ったように首をふって頰笑《ほほえ》むだけだった。

彼らの考えかたにしたがうと、この世の生きものは皆、自分の親戚ということになってしまう。気にくわない相手でも、ひょっとすると子供のころ可愛がってくれたおじいさんの生まれ変りかもしれないではないか。

韓国の寺を訪ねて思うこと

韓国に行っていました。

インドに続く『21世紀　仏教の旅』の取材です。

ぼくは幼年時代を韓国ですごしているので、なんとなく「行く」という感じではありません。「帰る」とは、口が裂けても言えない立場ですが、どこか微妙な心理的葛藤《かっとう》があるのは事実です。

懐しさと、やましさの入り組んだ気持ち、とでも言えるでしょうか。

こんどの旅では、華厳寺《ファオムサ》、芬皇寺《プンファンサ》、浮石寺《プソクサ》など、有名な古寺をいくつも訪ねました。韓国にこんな素晴らしい寺々が残っているとは、失礼ながら、驚きでした。激しい戦争がローラーをかけるように国土を痛めつけた歴史を思うと、千年以上の歳月をへた古寺が昔の姿をそのまま保っているとは想像もできなかったのです。

慶州《キョンジュ》などの有名な寺は観光コースでおなじみですが、山深い土地にひっそりと生き続けている美しい寺が、これほど数多く存在することに心を打たれました。

韓国、といえば、儒教の国ですよね、と誰もがすぐに答えます。

「最近はキリスト教が圧倒的らしいな」

と、訳知り顔の反応もあります。

たしかに韓国は、儒教の文化が人びとの生活に深く根づいている国です。夜の街には、いたるところに教会の十字架の赤いネオンが輝いています。

それでもやはり現代の韓国に、仏教は大きな流れとして生き続けている。それがこんどの旅の正直な印象でした。

礼拝に色濃く残る仏教の教え

仏教を日本に伝えたのは、韓国です。そして、中国やモンゴル、ロシアや日本、アメリカなど諸外国の影響を受けながら、韓国仏教の根は枯れることなく人びとの暮しに根づいている。

さらに仏教という教えの始原のありようを、日本よりはるかに色濃く残している気配がありました。

一例をあげると、仏前で礼拝するときの作法がちがう。私たちは寺や仏壇の前で、頭をたれ、両手を合わせて合掌します。僧侶はともかく、一般の人たちはそうです。

韓国の寺を訪ねると、ごく普通の市民たちが仏像をおがんだり、仏殿にぬかずいている姿をよく見ます。その際の礼拝は、まさにインドやチベットで目にする五体投地さながらのやりかたです。

まず膝《ひざ》を曲げて坐り、続いて上体を深く前に倒す。ひれ伏す感じです。そのとき両手は前方にのばして、掌《てのひら》は何かを捧《ささ》げもつように上に向ける。額《ひたい》を床につくほど低頭して、さらに起《た》ちあがると、ふたたび地面にぬかずき礼拝をくり返します。

以前、そんな礼拝の姿をどこかで見たことがあるな、と、ふと思いました。あれこれ思い返してみているうちに、数年前に奈良の唐招提寺《とうしょうだいじ》を訪れたときの記憶がよみがえってきました。

そのときは、瀬戸内寂聴《せとうちじゃくちょう》師とご一緒でした。衣《ころも》の袖《そで》をひるがえして、寂聴さんがすっくと起ちあがり、それから軽やかに体を投げだして礼拝されたのです。

ただ、正座をして手を合わせているだけのぼくは、なんとなく居心地悪くてもじもじするだけでした。仏前にぬかずく、ということは、やはりあのように深く帰依する動作をともなってこそ意味をもつのかもしれない、と、そのとき思いました。

韓国で論山《ノンサン》という町の郊外にある灌燭寺《クァンチョクサ》という寺を訪れたときのことです。ここには俗にウンジンミルクと呼ばれる巨大な弥勒仏《みろくぶつ》があります。異様なほど顔の大きな石仏ですが、高麗時代の九六八年、千人の石工と数百人の仏匠を動員して、三十八年かけて完成させたといわれる古仏です。

この石仏の前にちょっとした礼拝の場所があり、そこに畳一枚ほどの大きさの敷物が並べてありました。布製のものもあり、竹を編んだ敷物あり、ビニール製ありとさまざまです。参拝の韓国人たちは、靴《くつ》をぬぎ、その敷物の上に坐ったり、起ちあがったりして、くり返し礼拝を続けていました。

「あれは腰痛の予防になりそうですね」

と、若いスタッフの一人が感心していましたが、もう少し深い感想がほしいところでした。

七十年ちかく昔の記憶そのままの石仏

私はかつて論山という町に住んだことがあります。小学校にあがる前のことですから、五歳前後のころでしょう。母が論山の小学校の教師として勤めていたのです。父は大田《テジョン》でやはり小学校の教師をしており、週末に帰ってくる暮しでした。その当時の記憶は、ふしぎなほど曖昧《あいまい》で、断片的な記憶がきれぎれに浮かんでくるだけなのですが、この大きな弥勒仏のことははっきりとおぼえていました。

こんど訪れた論山の町は、かすかに記憶にのこっている思い出の町とは、まったくちがったものでした。

イメージのなかの論山は、アカシアの木々が道の両側に続き、風が吹くとシャワーのように白い花が降りそそぎます。

アカシアの花を拾って、チュッと吸うと、かすかに甘い蜜《みつ》の味がします。一つずつ吸うのがまだるっこしくて、ひとつかみ白い花を口に押しこんでムシャムシャ食べたりもしたものでした。

こんど通った論山の町は、ビルが建ちならび、アカシアの木は、ほとんど見かけませんでした。七十年ちかくも昔の記憶をさがしても、当然のことながら無駄な話です。しかし、千年以上も昔に造られた石仏と、ほとんどそのままの姿で再会できたことは、奇蹟《きせき》のような気がしないでもありません。

ソウルの奉恩寺《ボンウンサ》という寺を訪ねた日のことを思いだしました。ソウルを流れる漢江《ハンガン》の南側、江南《カンナム》地区にある立派な寺です。江南は七〇年代から八〇年代にかけて急激な開発がすすめられたビジネス街で、寺の石段の上から周囲を眺めまわすと、ニューヨークさながらのスカイラインがそびえています。ぐるりと寺を包囲するような超高層ビル群は、さながら未来都市を思わせます。

しかし、と、ふと思ったものでした。百年後、いや、五十年後に、あれらの近代ビル群ははたして残っているのだろうか、と。

最近の新しい高層ビルは、百年の歳月を計算に入れて建てられてはいないのです。ぼくが現在住んでいる横浜のマンションにしても、築四十年をへて、かなりくたびれてきました。東京都市のビル群も、半世紀をへずして建て替えが行われている様子を目にします。

以前、新聞に『にっぽん三銃士』という連載小説を書いたことがありました。博多《はかた》の街が出てくる場面で、ぼくは那珂川《なかがわ》の東岸から左右の建物を丹念に描写したことがあります。固有名詞をきちんと書き込んで、写生のようにその当時の風景を文章に写しとったのです。

それは、たぶん何十年かのちに同じ場所から街を眺めるとき、博多の街の姿が一変してしまっているのではないか、と、考えたからでした。

いま、その場所に立って周囲を眺めてみますと、ぼくが描写した風景は完全に残っていません。わずか二、三十年で街の姿は失われてしまっているのです。

心の平安を求める仏教への回帰

一九四六年、ぼくは家族とともに平壌《ピョンヤン》を脱出し、当時の三十八度線をこえて開《ケ》城《ソン》の米軍キャンプへたどりつきました。いまは開城は北側に属していますが、そのころは韓国側にあったのです。北から逃れてくる日本人難民を収容するキャンプには、何百という巨大なテントが林立し、引揚げの開始を待つ日本人であふれていました。

そのキャンプからは、はるかに開城の街の風景が遠望されました。船のへさきを思わせる優雅にカーブした家屋の屋根が続き、いかにも古都の趣きが漂っています。なんと美しい街だろう、と、シラミだらけのシャツを日に干しながら思ったものでした。

あの古都開城の街も、いまはたぶん大きく変貌しているにちがいありません。街も変る。風景も変る。そして人の暮しも、山も、川も、すべては変る。

そんなめまぐるしい変化のなかで、変らぬ場所がわずかにあるとすれば、それは寺のある風景かもしれません。もちろん、木造が鉄筋コンクリートに変ったりすることは、よくあることです。

こんど訪ねた慶州《キョンジュ》の皇龍寺址《ホアンリョンサジ》のように、壮大な寺院は幻のように消え失せ、ただ草におおわれた場所しか残っていないところも少くはありません。

それでも、なお、すぐ近くには元暁《ウォンヒョ》ゆかりの芬皇寺《ブンファンサ》が、ひっそりとたたずんでいます。

それらの寺々を巡って、意外な感じを受けたのは、韓国の仏教界が、ほとんど宗派にこだわっていないことでした。基本的には禅系統の寺が多く、経典の土台には華厳《けごん》の教えがあります。

華厳の思想というのは、じつに壮大で複雑なものです。ぼくが遠くから本能的に感じるのは、それが力強い肯定の思想をおびているのではないか、ということです。

国家統一、社会安定、人心平安をめざす時代には、堂々たる華厳の体系はまことにふさわしい。インドで個人の心の安定を求めて出発したブッダの教えは、やがて中国、朝鮮をへて国家鎮護のどっしりとした思想となって日本列島にも伝わります。東大寺がその象徴ですが、やがて国家を超えた宇宙全体の調和をめざす教えとして成熟していきました。そして自己と自然の一体化によって個人の心の平安を求める教えとして回帰してゆく。

『新・風に吹かれて』という本を出しましたが、そのなかでも、仏教の原点のことにかなりふれました。

韓国のいま置かれた状況は、南北問題をふくめて重い不安を内包しているように思えます。ある種の緊張も人びとの心に影を投げかけているにちがいありません。戦争の記憶、強国支配の歴史もあります。そんな韓国の人びとのあいだに、仏教がどのような心の支えとなっているのか。こんどの韓国の旅をきっかけに、そのことを深く考えさせられたものでした。

アメリカかいなで紀行

旅行とは偏見をうるための行為である。

とは、誰が言ったわけでもなく、私がそう思う。

自分が、この目で見た、という小さな事実が絶対の真実のように心に定着してしまう。実際にその人が体験したのだから、確かに事実ではあるが、それはあくまで例外的なできごとかもしれない。

旅をすることは、その意味では危険なことでもある。自分の体験が、ほとんど一生ずっとその人の記憶につきまとうからだ。

「インドって、汚いわよね」

と、何十年もそう言い続けている人もいるし、

「インドって華麗《かれい》よねえ」

と、手放しで礼讃《らいさん》する人もいらっしゃる。どちらも嘘ではないのだから、困っ

てしまうのだ。

ずいぶん海外にでかける機会があった。インドにはじまって中国へ二度、そして韓国とブータンにいき、さらにアメリカとフランスにまで足をのばした。これまでこんなにいろんな国へ連続して旅したことはなかったと思う。

帰国して、旅の印象をまとめようと思うと大変である。

「あれはインドだったかな。それともブータンだったっけ」

と、混乱した記憶を整理するのにひと苦労する。

アメリカの印象は、じつに散漫であった。

シカゴ、デトロイト、ニューヨーク、そしてマディソンと、みじかい期間に走り回ったせいだろう。

そのごっちゃになった記憶のきれはしを、アトランダムに拾って書く。

それも実際に私が目で見、手で触った事実であるが、必ずしもアメリカ一般の普遍的な真実ではない。たまたまそこだけがそうだった、ということかもしれないし、例外中の例外だったのかもしれない。

アメリカという大国の表面の一部を、かいなでただけの、たよりない印象記であることを最初にお断りしておく。

美しい町のふしぎな空気

最初、デトロイトの近郊の小綺麗《こぎれい》な町のホテルに泊った。絵にかいたようなアメリカの小都市である。町の規模のわりには、立派な図書館があり、どこか落着いた豊かな感じのする一画だった。

その図書館に近い遊歩道の並木が、なんともいえず美しく紅葉していて、錦秋《きんしゅう》という感じがした。

人通りが少なく、道路も広々としていて、画廊や、ヨーガのセンターなどもある。

ホテルも趣味のいい内装で、古き良きアメリカの雰囲気だ。

ホテル内のレストランで、昼食をとったのだが、その量の多さに圧倒された。サラダなど四、五人分はありそうなボリュームである。味はいわゆる大味で、日本のファミリーレストラン並みといったところ。

午後のやわらかな日差しのさしこむ窓際の席で、七十歳すぎと見える銀髪の婦人が、ペーパーバックなどをめくりながら紅茶を飲んでいらっしゃる。きちんとスーツを着て、パールのネックレスをしている。定年退職して悠々と暮しているエグゼクティヴの夫人ででもあろうか。

いい町だな、と、ふと思った。こんなに静かに優雅な時間が流れていくアメリカン・ライフが、いまもちゃんとあることに感心したのだ。テロや、イラク参戦などの激動のなかで、時間のとまったような美しい町の空気がふしぎだった。

あとで気づいたことだが、その町には黒人の姿がまったくなかったのだ。アジア人はちらほら見かけた。日本人らしき若者の姿もあった。

「日本人はアジア人ではありますけど、いわゆる有色人種《カラード》のうちには入らないんです、この町では」

と、長年デトロイトで暮している通訳の女性が言う。

「ほかのアジア人とは少しちがう扱いなんですね。たぶん自動車産業とか、文化のレベルとかが評価されてるのかもしれません」

「でも、文化といえば中国やインドのほうが深いんじゃないですか？　それに先端技術の分野では韓国、インドのほうが今では先行しているように思うけど」

「ええ。ちょっと複雑な気持ちですけどね。尊敬されているというわけではありませんが、一目置かれているというか。トヨタ、ソニー、ホンダなどの遺産かもしれません」

「ふーん。じゃあ、準白人というわけですか」

「そこまではどうでしょうか。その、ちょっと下、といったところかも」

微妙な話である。

その町のレストランにいったら、

「神戸ビーフ」

というメニューがあった。肉そのものはアメリカ産の牛肉だが、神戸ビーフという名前で、すこし値段が高い。

ためしにそれを頼んでみた。いわゆる脂肪のこまかく入った肉ではなく、赤身の肉だ。ところが、これがなかなか旨《うま》い。肉本来の味がする。ちょっと歯ごたえのあるところもいい。

私はあまり柔らかくて脂《あぶら》っぽい肉よりも、こちらのほうが好みである。カリフォルニアのワインとも合って、悪くないディナーだった。料金も決して高くはなかった。

それにしても、デトロイトの近郊で、黒人の姿の見えない町というのは、なんとなく気になった。

翌日、こんどは黒人たちが主に住んでいるという町を訪れた。いささか危険があるというので、明かるいうちに車でいったのだ。

荒廃した家が続く。空き家になった学校の校舎がある。なかば焼けおちた建物が、あちこちにある。どことなく、内戦中のコソボにでもきたような感じだった。異様に思ったのは、そんな荒れはてた町のあちこちに教会があることだ。ほとんどワンブロックごとにある。

「暮しが苦しければ苦しいほど、教会が増えるみたいですね」

と、案内してくれた人が言った。

一本のベルトのような大きな道路があって、それが二つの町を区切っているらしい。アメリカ社会の現実の一端をかいま見た気がした。とても政治家や、大リーグに黒人が進出している世界とは思えない。アメリカはふしぎな国である。

世界中がアメリカを愛していた

二〇〇一年の春にコロンビア大学で講演をしたのだが、その夏の終りに同時多発テロがおきて世界貿易センターが消滅した。

後年、そのグラウンド・ゼロを訪れて、あまりに雑然としているので驚いた。新しい工事が始まっているせいかもしれない。

ビルの谷間にぽっかりあいた空虚な一画は、アメリカ人の心に深い消えない穴をあけたのだと思う。

戦後、というより、第一次世界大戦以来、アメリカという国はつねに世界のスターだった。口にだしてもださなくても、世界の人びとはアメリカを憧《あこが》れ、アメリカが好きだった。

だからアメリカ人は生まれながらにして、世界の人びとはみんな自分たちアメリカ人を歓迎し、好いていると無意識に信じていたのだろう。

異国でのアメリカ人の振舞いも、無邪気で楽天的だった。どこの国にいっても平気で英語で話しかけるのも、のびのびと屈託《くったく》ない態度で人に接するのも、その心理が背後にあったからだろう。

金もある。文明の利器もある。ステイタスもある。そしてアメリカ人たちはそのことを信じて疑うことがなかった。

フランス人のアメリカ嫌いは、それに対する反発だが、ほんとうはアメリカ好きの裏返しだろう。

フランス人ほど大型アメリカ車や、電化製品や、高層ビルなどにつよく憧れている国民はなかったはずだ。そもそもアメリカ文化を最初に評価したのはフランスなのである。

アメリカの国民文化といっていいジャズも、アメリカではなくパリで認められ、アメリカへと逆輸入された。アメリカ人よりもフランス人のほうが、ジャズの価値を認め、それを愛したと言ってもまちがいではない。

アメリカ文学もそうだ。映画もそうである。そんな愛着の裏返しが、アメリカ人への反発として表に出てくるのだ。

中国人やアメリカ人がワインを愛飲しはじめているいま、フランス本国でのワインの消費量は低下しつつあるという。

私はフランスの自動車が好きで、最初に買ったのがシムカ一〇〇〇という小型車だった。シトロエン2CVなどに代表される、かつてのフランス車は、ほんとうに洒落ていた。

好景気と、グラウンド・ゼロと

ニューヨークから往復八時間ほど車で走って、アメリカの禅寺を訪ねたとき、ドライバーに質問してみた。

「この車はアメリカ車ですよね」

「そうです」

「エンジンの排気量は？」

「四千九百CCくらいでしょうか」

「リッター当り何キロぐらい走るんですか？」

「さあ、二キロ、か、三キロといったところですね」

いまどきそんな車を作るアメリカは、どうかしていると思う。ガソリンをガブ飲みして力まかせのトルクで大型車を走らせる時代はとっくに終ったのに。九・一一のテロで、アメリカ人はどきりとしたにちがいない。世界中で好かれている、という意識が根底からゆらいだのだ。自分たちアメリカ人を憎んでいる者がいる、という事実は、アメリカ人にとって戦慄《せんりつ》的な心の傷となったにちがいない。

以前のニューヨークは、一見、バブルだった。高級レストランも、ホテルも、すべて予約で埋まっている。タクシーの空車は、なかなか拾えない。ブロードウエイのミュージカルの切符を頼んだら、定価の何倍ものプレミアムがついた。グラウンド・ゼロの巨大な穴と、この好景気とは、どこでどうつながっていたのだろうか。ふと昔の「お伊勢まいり」を思いだした。

「アメリカのバブルは、いつまで続くでしょうね」

と、聞いたら、

「当分は続くと思います。日本とちがって、そもそもの富の蓄積が巨大ですから。

それに戦争をするたびに景気が良くなる国なんです」

と、いう答えが返ってきた。よくわからない国ではある。

日本人ばなれした九州人

私が九州に住んだのは、生まれてからしばらくの月日を入れても、ほぼ六年前後だろうと思う。

一九五二年に田舎から上京して、東京、市川《いちかわ》、金沢、京都、そして横浜と、ほとんど九州以外の土地で暮してきた。

それにもかかわらず、九州弁がぬけない。アクセントはやや崩れてきたが、イントネーションはいまだに醇乎《じゅんこ》たる九州方言である。

そもそも九州では、それほどアクセントを重視しない。どちらかといえば、平板で早口である。なんとなく韓国語に似ているのは、地理的な関係だろうか。

個人的な感触では、フレーズが尻上《しり》がりにきこえる。柿《かき》と牡蠣《かき》を区別しない。橋《はし》と箸《はし》も、神《かみ》と髪《かみ》も、ぜーんぶ一緒である。

だから上京してしばらくは、なにか言うたびに東京人にけげんな顔をされた。

しかし、こちらのほうでも、けげんに思う気持ちがあった。

アクセントはどうあれ、前後の文脈からして判断できないわけがないではないか。

筆は一本、箸は二本、といえば、斎藤緑雨《さいとうりょくう》とすぐにわかる。橋が二本あってどうする。

しばらく日本語アクセント辞典を買ってきて確認したりしていたが、すぐにやめた。

「出身は九州です」

などと、いちいち自己紹介する必要がないのは楽だ。行先を言っただけで、タクシーの運転手氏が、

「わたしも飯塚《いいづか》です」

などと話しかけてくれる。

「それでですね」

「あのですね」

と、九州弁の接続詞を多用しながら会話がはずむのである。

九州弁のありがたいところは、いいかげんな話をしても、かなり本当らしくき

こえる点だ。詐欺をやるなら九州弁がいい。関西弁だと、まじめな話をしても冗談と思われることがある。

汗をふきふき、

「それでですね」

などと言っていれば、二、三ヵ月、家賃がたまっていても、

「そりゃ大変だね。じゃあ、国から送金があったら、すぐ払ってくださいよ」

と、大家《おおや》さんも同情してくれたりするのである。むかしは、よくこの手を使ったものだった。

異国で出会った九州弁

ずっと前の話になるが、ブラジルのリオデジャネイロで、ミカドというキャバレーにいったことがある。

店の黒服が気をきかせて、日本人のホステスをつけてくれた。ほんとは地元の人がありがたかったのだが、店のほうではサービスのつもりだったのだろう。

「こんばんは」

と、ひとことふたことしゃべったら、相手の女性が、

「あんた、福岡はどこね？」

と、いきなりきく。

「わかる？」

「なんば気取りよっとね。顔ば見ただけでわかるたい。うちは大牟田《おおむた》からきたとよ」

「三井三池《みついみいけ》の争議で暴れた口か」

「うちの父ちゃんがね。総資本対総労働ちゅうて、ホッパー前でガチンコ対決たい。あんた、なんばしにブラジルへきたと？」

「それはですね――」

話をきけば争議のあとの人員整理で、ブラジルの農園に集団移住した組らしい。コーヒー園の経営がうまくいかず、娘の彼女がリオで働いて一家を食べさせているという。

「そりゃ大変ばい。ばってん、そのわりにゃ苦労が顔に出とらんごたる」

「そんなもん出たらホステスつとまらんよ。さあ、飲みんしゃい」

「そりゃ博多弁じゃろが」

と、いうわけで、ミカドの夜は九州弁でふけていくのであった。

いまごろあの女性は、どうしているのだろう。

真情あふるる軽薄さ

私はいまでも、オとヲを区別して発音する癖《くせ》がある。

「オとうさんヲ、迎えにいく」

のであって、

「オとうさんオ」

ではない。

運動会は、「うんどうクヮイ」と発音する。

昭和天皇が、むかし、

「コククヮイヲ、カイクヮイする」

と、発音されていたのをきいて、やっぱり天皇家のルーツは九州かな、と思ったことがあった。

言葉は単純化すればいいというものではない。少々厄介でも、微妙な表現ができるほうが文化度は高い。

では、九州は文化度が高いか、となると、話はまた別なようだ。一般に九州では難しいことは言わないし、好まれない。

「理屈じゃなか！」

と、いうところが九州のおもしろさでもあり、問題点でもあるだろう。

「先日の講演は、ほんなこて良かったー。感動したばい」

などと両手で握手されることがある。

「それはどうも。で、そのときはどんな話をしました？」

「いや、話の中身は忘れてしもうたばってん、ほんなこて良かったー」

真情あふるる軽薄さ、とでもいおうか。こちらもつい、ほんなこて良かったー、と思ってしまうのである。

なにか物をくれるとき、

「これはですね、ほんなこて旨かです。もう死ぬほど旨かけん、食べてみてくれんね」

と、手ばなしで絶讃したりする人がいて、食べる前から旨いものを食ったような気になるのも、九州ならではの味だ。九州人というのは、ひょっとして日本人ばなれしているのかも。

あとがきにかえて

五木寛之

『ゆるやかな生き方』というのは、私の見はてぬ夢である。心の中でそれを憧《あこが》れながら、きょうまで呆《あき》れるほどせかせかと生き急いできた。

いまも毎週のようにキャリーバッグを引いて、飛行機に乗り、電車に乗り、車で列島各地を駆け回っている。旅先の喫茶店で原稿を書き、ホテルのFAXで送稿する。最近では、地方都市にも「喫茶店」と呼べるような店は少なくなってきた。ファストフードの店で万年筆を持つのは場ちがいというものだ。世の中全体が「ゆるやかでない」方向へ進みつつあるらしい。

「ゆっくりは速い」

という言葉をどこかで耳にして、それがずっと頭に残っていた。矛盾した言葉のようでいて、なにか納得させられるところがあるのだ。

この一冊に収められた文章は、そんなあわただしい日常のなかで、日々、蚕《かいこ》が糸を吐きだすように書いた雑文である。

それをエッセイと呼ぶことには、なにがしかの抵抗感があり、私はいつもそのことで迷っていた。

ある時、ロシア語のなかに、「フェリエトン」という言葉があることを知って、これはいい、と思った。「フェリエトン」とは、「雑録」「雑文」というようなニュアンスの表現らしい。

ある著名な宗教家が、亡くなる時に、かすかにつぶやいたという言葉が、ずっと頭に残っている。

「自分の一生は、雑事に追われてすごした一生だった」

と、いうのがその言葉である。どんな立派な最後の言葉よりも、この正直な述懐こそ宗教家にはふさわしい。人は雑事に追われつつ一生をすごすのである。息をするのも、物を食べるのも、旅をするのも、人生の雑事である。雑事のうちに、日が過ぎ、年が流れ、人は去っていくのだ。

エッセイという、どこか格調のある表現より、フェリエトンという、なんとなく間の抜けた言葉の響きに共感するのは、私自身が雑に生きている自覚と反省の故《ゆえ》である。

　この雑録の塊《かたま》りの中から、一冊の本を編んでくれたのは、元実業之日本社文芸出版部で、現出版プロデューサーの関根亨さんである。怠《なま》け者の私に絶えざる激励とアドバイスによってやる気を起こさせ、上梓にまでこぎつけた熱意に感謝するしかない。

「君有成此一冊」

　と、低頭するのみである。装幀を担当してくださった吉永和哉さんにもお礼を申し上げたい。

　この雑録集があわただしく生きる読者の皆さんの、せめてもの憩《いこ》いの場とならんことを。

本書は、二〇一四年七月に小社より刊行された単行本を文庫化したものです。

実業之日本社文庫　最新刊

五木寛之
ゆるやかな生き方
のんびりと過ごすのは理想だが、現実はせわしい日々。ゆるやかに生きるためにどう頭を切りかえればいいのか。近年の〈雑録〉から選りすぐった36編。
い44

井川香四郎
桃太郎姫　もんなか紋三捕物帳
男として育てられた桃太郎姫が、町娘に扮して岡っ引の紋三親分とともに無理難題を解決！　歴史時代作家クラブ賞・シリーズ賞受賞の痛快捕物帳シリーズ。
い103

小路幸也
ビタースイートワルツ Bittersweet Waltz
弓島珈琲店の常連、三栖警部が失踪。事情を察した店主ダイと仲間たちは捜索に乗り出すが……。甘く苦い過去をめぐる珈琲店ミステリー。（解説・藤田香織）
し13

西村京太郎
十津川警部捜査行　北国の愛、北国の死
疾走する函館発「特急おおぞら3号」が、札幌で発生した女性殺害事件の鍵を運ぶ……鉄壁のアリバイを打ち崩せ！大人気トラベルミステリー。（解説・山前　譲）
に113

南　英男
裏捜査
美人女医を狙う巨悪の影を追え――元SAT隊員にして始末屋のアウトローが、巧妙に仕組まれた医療事故の陰謀に鉄槌を下す！　長編傑作ハードサスペンス。
み72

実業之日本社文庫　最新刊

睦月影郎
淫ら歯医者

新規開業した女性患者専用クリニックには、なぜか美女が集まる。可憐な歯科衛生士、巨乳の未亡人、アイドル美少女まで。著者初の歯医者官能、書き下ろし!!

む25

木宮条太郎
水族館ガール3

赤ん坊ラッコが危機一髪――恋人・梶の長期出張で再びすれ違いの日々のイルカ飼育員・由香にトラブル続発!?　テレビドラマ化で大人気お仕事ノベル！

に43

森詠
双龍剣異聞　走れ、半兵衛〈二〉

宮本武蔵の再来といわれる伝説の剣豪・阿蘇重左衛門に老中・安藤信正の密書を届けるため、肥後熊本へと旅立った半兵衛を待つのは……人気シリーズ第二弾！

も62

連城三紀彦
顔のない肖像画

本物か、贋作か――美術オークションに隠された真実とは。読み継がれるべき叙述ミステリの傑作、待望の復刊。表題作ほか全7編収録。（解説・法月綸太郎）

れ11

三角ともえ
はだかのパン屋さん

パン屋の美人店長が、裸エプロン!?　商店街の事件&アクシデントはパンを焼いて解決！　ちょっぴりエッチでしみじみおいしいハートウォーミングコメディ。

み81

実業之日本社文庫 い44

ゆるやかな生《い》き方《かた》

2016年8月15日　初版第1刷発行

著　者　五木寛之《いつきひろゆき》

発行者　岩野裕一
発行所　株式会社実業之日本社
〒153-0044　東京都目黒区大橋1-5-1
クロスエアタワー8階
電話［編集］03(6809)0473［販売］03(6809)0495
ホームページ　http://www.j-n.co.jp/
印刷所　大日本印刷株式会社
製本所　株式会社ブックアート

フォーマットデザイン　鈴木正道（Suzuki Design）

ISBN978-4-408-55303-0（第二文芸）